異托邦指南
詩與歌卷：暴雨反對

廖偉棠——著

自序
暴雨為何反對？

廖偉棠

我曾經做夢辦一個詩歌節，為古詩朗讀配上我喜歡的現代音樂：楚辭五彩斑斕、想像力奇偉洋溢、鬼神出沒，應該配藝術搖滾、華麗搖滾，比如說大衛・鮑伊（David Bowie）和平克・弗洛伊德（Pink Floyd）；漢賦磅礡，只有重金屬搖滾鎮得住；三曹父子，曹操曹丕慷慨激昂，俯仰宇宙蒼涼，應該配太空搖滾、歌劇搖滾，比如說深紅國王樂隊（King Crimson），曹植超然，應該配妮可（Nico）這種洛神級女歌手。

李白作為大唐代表詩人，向他致敬的唐朝樂隊卻未必配得上，後期的披頭四樂隊（The Beatles），恣意飛翔，天馬行空才更像他；杜甫關注現實的苦難、人間的悲喜，周雲蓬配合他老淚縱橫，巴布・狄倫（Bob Dylan）則與他振奮一笑。李賀奇絕、光怪陸離，德國的Can樂隊、日本的酸母寺樂隊（Acid Mothers Temple）會成為他絕配；李商隱幽深抉祕，一波三折，也許只有地下絲絨（The Velvet Underground）樂隊這種級別的實驗大師能與之共鳴。

宋代蘇東坡與柳永，前者不妨由騰格爾歌唱、圖瓦的恆哈圖樂隊（Huun-Huur-Tu）配樂，後者則王菲、林憶蓮均可。姜夔本身就是一個音樂家，要求要高得多，深邃又清空，流行音樂裡估計只有達明一派、森田童子、竇唯等可以與之唱和……

我且打住，忽略那個詩歌不分家的烏托邦吧，現代詩從「純詩」抽離已經是不可逆轉的。在言詞意義上過分講究音樂性的詩不是沒有，而是只可一試不可泛濫，因為當代詩最大的挑戰不再是其純藝術性，而是處理現實與超現實、應對時代的難度。那麼應該講究的是心氣、胸懷的鑄煉，並且從詩的現場傳播、即興創作等角度，找到它與現代音樂的接點，這是一個極具創造性的出路。

因此，編選這本「異托邦指南」的第三部的時候，我自然把詩評與樂評放在一起，意圖使現實之上、文本中的它們也能碰觸出火花——或者，索性是雷電。巴布·狄倫說的「暴雨將至」，到了這個時代，也許要改變意義了。讓我們自己成為暴雨，攜帶著雷與電，去反對這個時代的沉默、反對這個時代的喧譁、反對這個時代的乾涸。如果世界充滿對假象的阿諛，反對就是詩人與音樂人的義務，無論這假象屬於國族、人情還是世故，還是冠著頹喪的名義對媚俗的縱容。

這首寫給哈薩克樂隊ＩＺ的詩〈夜京空行咒〉，演繹的就是詩與歌聯合的顛覆，可以作為這一次異托邦之旅的前奏，起飛吧，語言的翅膀已經準備好了：

這些星羅棋布為了誰
大地並非墓碑
沉睡已經不能一飲
酒佩著刀，人配不起酒
我馬蒼涼如生宣紙
任這黑汗爬行逶迤
噫！這生生死死為了誰！
如果可以這咒文我不想用漢語
而用那些蝕如馬骨的文字
願這京城寂寂

如暴雨中的哈薩克
願這飛機一時斂翼
棲那巧雲尖兒無何有之枝
願腹中小兒為我打鼓
那個蕩蕩當當輕輕畫畫
的放風箏者竟然是我也
噫！這生生死死為了誰！
口弦蝗蟲陣法
冬不拉橫雨陣法
我思想起我那些黑暗中的姊妹兄弟
那些含著一顆星唱歌
舌頭已經被灼傷的趕路人兮

目次

Part I　詩人行走夜半

Part Ⅱ——過於孤獨的喧囂

異托邦指南
詩與歌卷：暴雨反對

Part Ⅰ

詩人行走夜半

奧登[1]、姜夔[2]或前生

「但是現在就幸福吧，儘管彼此並不更加接近……」奧登這句詩莫名打動我。島上的群山在變藍，蜻蜓在飛臨水塘，陌生少年坐在村舍旁的阡陌上，打開手機發出照亮臉龐的光，卻忘記了為什麼打開。我和兒子在離家漸遠的林中越走越慢，直到路燈一盞盞敲響凝冰的夜氣，我們把自己放進外套的內袋，與舊信、碎貝殼為伴，現在就變得幸福起來。

旋即四歲的兒子恍惚記起了自己的前生，他伸手做了一個召喚駱駝的手勢，但是他忘記了沙漠中那些女人曾為他同聲一哭時的寂寞。「任何鳥都不能否認：只經

❶ 奧登，W. H. Auden，1907-1973，二十世紀英美著名詩人。
❷ 姜夔，1105-1209，南宋著名詞人。

過這裡，現在／足夠讓某物滿足這個時刻，被愛或容忍。」後來奧登把最後一句變奏了兩次：「我們必須相愛，否則死亡」（他青年時代的名作〈一九三九年九月一日〉），「我們必須相愛，然後死亡」（晚年他的修定版本）。於是就有了三個奧登，相遇在這個傍晚，大地尚未因為思念而枯瘦的傍晚。

「我們必須相愛，然後死亡」裡面包含了容忍與幸福，愛過之後的死才是完滿的死，而承認自己與愛人的必有一死的這種存在短暫性，才令愛更無庸置疑地成為對虛無的反駁，就像詩是對虛無的反駁一樣。三個奧登，一個是杜甫式的承載萬物的器皿，因為容忍而容納；一個是莎士比亞式的雄辯，雖千萬人吾往矣的悲劇精神；最後是姜夔的蘊籍，風流蘊藉，愛與死亡都得到了理解。

我在二十五歲最狂傲的時光，寫過三組詩，名為〈前生書〉、〈今生書〉、〈來生書〉，分別呼應姜夔的「情詞九首」、杜甫的「秋興八首」和塔可夫斯基的《犧牲》。〈來生書〉的序詩開頭便引用奧登的「我們必須相愛，然後死亡」，如今看來這感慨未免太早，日後十五年、五十年才是真正接受這句話教育的過程。而以姜夔喻自己的前生也是自戀，他的合肥情事一波三折，最後情味黯然方得大悟，我又何能擔負？應寄來生才是。

「一誤西湖覺後因，從此白石是前身。」幾年前我在杭州尋姜夔墓不遇，曾留此兩句紀念，也是重新尋找「白石前身」這一執著的潛因何在。《二十四詩品》裡有謂「明月前身」一說，這種莊周夢蝶般的寄託，我在奧登〈愛得更多的那人〉裡又再遇：詩人仰望群星，不知自己是人在愛星，抑或是星在愛人，「倘若愛不可能有對等，／願我是愛得更多的那人」——就在他選擇愛得更多的時候，他獲得了與星辰的平等。

此刻島上夜已深沉，星子寥寥、已掛空茫，我們踱步歸家，驟見眼前一片燈火閃忽，無數哭笑皆在其裡，遂想起周作人與兄書曰「都是可憐的人間」。日語裡的人類寫作「人間」，我們也盡可誤讀「可憐」為可憐愛之意，聊以自慰。「倘若星辰都已殞滅或消失無蹤，／我會學著觀看一個空無的天穹／並感受它全然暗黑的莊嚴，／儘管這會花去我些許的時間。」奧登也是這個意思，死亡之後的愛，人類因為可以學習而超越時間的吝嗇計量。

⊙文中所引奧登詩句為馬鳴謙譯本。

少林門下無知音

「一枝尺八恨難任，吹入胡笳塞上吟。十字街頭誰氏曲，少林門下無知音。」——這是一休宗純和尚的詩〈尺八〉。真正的修行者，自然不會在少林寺裡覓到知音。雖然一休寫的少林是東方佛門的代稱，非特指嵩山少林，卻倒讓我想起自己八年前曾住登封一週，宿少林寺邊，偏偏不進去看，也是這個道理。

生於日本室町時代由盛轉衰之際的禪師、詩僧一休宗純，狷狂如其詩中所寫的那支獨行於十字街頭的尺八，而不是禪林廟堂之中那些端莊法器。這裡面最少有三重意思，第一，一休的詩是日本漢詩最初涉及「十字街頭」，書寫社會現象的，「日本漢詩以現實世相作題材的並不多，從一休開始，這種『俗』已經登場」（小西甚一《日本文藝史》）。

第二，坐言起行，一休也是從極俗處悟禪之僧，遠承漢土禪宗道在屎溺之意、前輩親鸞上人的人間佛學，一休更推到驚世駭俗的極致，娶妻生子不說，壯年流連淫坊（妓院），晚年戀慕盲女，這些都已成為廣為人知的風流逸事。

第三，也是最重要的一點，一休對待僧界與俗界權勢的態度，不止於動畫片裡那些阿凡提式戲弄調侃，而真是以性命相加，抗之絕之。他那種個人的革命，勇猛不亞於同代另一高僧蓮如上人默許信徒聚眾進行「一向一揆」起義，後者暴力護法同時滿足了百姓均貧富的素願，本質還是為了鞏固僧團權力，一休直把這些比作「名利禪」，視高僧的權勢與幕府將軍的權勢一樣虛妄。

由此不妨就拿少林寺現世最「驚世駭俗」的CEO和尚與之一比。詩就不說了，我Google了一圈沒有見到他寫的詩，只見到他弟子寫百韻詩歌頌他的，即便釋總裁寫詩，也斷不會寫到他高廟之下的十字街頭種種困厄流離。

最惹人浮想的是，一休的「淫行」，與流言中釋永信的「不拘細行」是否有可比之處？說一休宗純大師「淫」，並非誣蔑，他自己在詩集《狂雲集》裡就多次自嘲，輕則如「昨日俗人今日僧，生涯胡亂是吾能。」，重則是「淫坊十載興難窮」，是「淫坊興半大勇巴」，自稱「邪淫僧」、「戀法師」——如此顛覆兒時動畫片裡清純一休哥，自是等閒，秒殺大方丈，也是明事。

一休之淫，不惹人嫌，正在於其光明磊落。首先，一休娶妻生子，那是動畫片所本、伊達常雄原著的通俗讀物《一休和尚》也不諱言，書裡說：詢問媽媽的意見之後，「一休繼續以一個和尚的身分，愛著那個姑娘。他們沒有舉行隆重的婚禮，但他也不像別的和尚那樣，不讓自己的妻子拋頭露面。每逢大德寺舉行重大活動的時候，他總是帶著自己的妻子一起參加。不久，他們有了一個男孩兒。這孩子從小就在父親的膝下修行，名叫歧翁紹偵，後來也成了日本有名的和尚。」

今日之日本，和尚結婚生子已經很正常，父子相傳，把一座小寺廟做成家族產業的也大有人在，而且繼承父業的年輕主持，很多還會兼職從事自己喜好事業的。這一切的肇端，正是日本佛教史上著名的革新者親鸞上人，親鸞倡行人間佛法（和今日少林弟子自詡的「人間佛法」是兩回事），開創淨土真宗，在明治時代以前此宗派是日本唯一可以帶妻修行的。而這也是符合親鸞思想中「惡人正機」之道的，他認為惡人也可以得道，愛欲家庭也是人倫必須——我稍加闡釋：修行者必須先體驗了人情種種，方能覺有情，最後方能超脫有情，永結無情遊。

當然不是所有僧侶都能到達這一境界，親鸞、一休能到，其他人，大多是順了佛教一句「行方便」，行方便與人，也與自己，不做道德綁架。上文提到的蓮如上人，娶兩妻生十三男十四女，令人嘆為觀止。卻不如一休垂暮之年，痴戀盲女「森侍者」一人，一休為森女所作情欲詩篇，洋洋灑灑直寫性愛，今之人看了也必臉紅耳赤。

道是無礙，坦誠相見，一休那是另一種豔體禪詩，宋僧圜悟克勤有「少年一段風流事，只許佳人獨自知」這樣的風流禪喻，一休前輩東沼周嚴有「昨夜同床殘月窗，鴛鴦帳底影雙雙」這樣的同性戀豔情詩。一休之高妙在於豔情與法理交融，如形影無法區分。同樣寫同宿，一休的是「有時江海有時山，世外道人名利間。夜夜鴛鴦禪榻被，風流私語一身閒。」講的不只是兒女私情，更是生命態度。

至於為森女作情欲詩，也不忘在情欲間尋找頓悟，如「盲森夜夜吟伴身，被底鴛鴦私語新。心約慈尊三會曉，本居古佛萬般春。」「雲雨三生六十劫，秋風一夜百千年。」……最動人的是他死前一再與森女誓約三生，「十年花下埋芳盟，一段風流無限情。惜別枕頭兒女膝，夜深雲雨約三生。」這種執著，我只在另一情僧，西藏的倉央嘉措詩中看到。

「我有抱持接吻興，竟無火聚舍身心。」這才是一休情欲觀的根蒂，好一句「竟無」，詩人自己也為自己的真純吃驚。這樣一個一休，在內忠於欲望和愛情之世俗，在外直面戰伐離亂中的蒼生，把淨土真宗演繹為入世佛法。關於一休與權貴鬥智鬥勇的故事，我們小時候作為正能量動畫看過不少，事實上一休是否真的曾經如此不得而考，但從老百姓樂於編造流傳這些智勇形象的故事於一休身上這點看來，他們是頗為認同這個叛逆不羈的花和尚的。

對於宗教人物，老百姓往往仰賴於某種樸素的直覺進行取捨。日本的花和尚因其用情至真、詩文坦率，便獲得賦予一個怒罵法利賽人的耶穌般聖人形象，而中國當代的花和尚，風流也不被同情，處處受質疑。無他，一休宗純之狂，並非無賴之狂，乃是秉有古風的士之狂狷。狂者進取，狷者有所不為，在世俗意義來說，少林寺的總裁無比進取，然而決非有所不為——尤其面對權力的時候。

一休大師自然是有所不為的，當高僧大德公然勾結權勢、冠蓋滿京都時，名氣修為比他們都大的一休選擇了「痛罵法中奸賊」（見一休年譜），後更辭大德寺主持、隱居結庵，以詩明志曰：

「貧病老衰山舍居，庭前梅蘤興何虛。佳名但願發身後，和靖家無封禪書。」

這首詩的題目，叫做〈臨濟曹洞善知識貪欲熾盛〉！

⊙一休宗純，1394-1481，日本後小松天皇皇子，幼年即在京都安國寺出家，是室町時代禪宗臨濟宗的著名奇僧，也是著名的詩人、書法家和畫家。法名宗純，又作宗順，號一休。對日本佛教來說，他是銳意革新的聖徒，也是離經叛道的顛僧。

旅行青蛙山頭火

「旅行青蛙」（旅かえる）走紅，我也養了一隻蛙，一開始我打算給牠起名為「芭蕉」，因為芭蕉最著名的俳句就是關於蛙的：「古池呀，一蛙入水，水的音」；後來改名為「山頭火」，因為發現，浪，才是它的本質。

熟悉日本文化的人，應該就知道這兩個名字的出處：松尾芭蕉、種田山頭火，那是日本兩個大名鼎鼎的俳人——俳句大師。兩人文學風格不同，生存的方式卻很像，住家居士、出家為雲水僧、接受供養全日本旅行，寫作勤奮。咦，你會說，這不也是我家蛙的生存方式嗎？

當然，這樣的生存，必然有窮達之分，山頭火窮困、幾乎是餓死在旅途上，芭蕉則是個旅行達人——他的學生遍日本，去到哪裡都有人熱情款待甚至資助旅費。

這就像日本有人花錢給蛙買飛蛾，你只能用三葉草換燒餅一樣。

松尾芭蕉最著名的俳文集（由俳句串連的遊記隨筆）《奧之細道》所緣起，像極了你蛙開啟的狀態：先講糧草，他引用《莊子．逍遙遊》「適千里者，三月聚糧」但反其意道之：「千里行旅不備糧，三更月下入無何」，引入後半句偃溪廣聞和尚的偈語，表示心中有烏托邦（無何有之鄉）的話，不需要糧草也能上路。

但沒走過久，就得補充食物了，而且和你蛙愛買的手信一樣：「慕草亦枯槁，茶店買黏糕。」接著因為有雪，芭蕉買了你蛙的標準裝備，這是他模仿賣家的語氣說的：「集市顧客喲，我賣這頂雪斗笠，斗笠多風雅。」沒多久這斗笠就在俳句裡出現：「不覺歲已暮，斗笠草履行一路，餐風又露宿。」

旅途中，松尾芭蕉也會寄信給各個弟子／供養人，比如說坪井杜國：「蝶戀白罌粟，不忍離去折翅膀，留作紀念物。」把年輕的杜國比喻為白罌粟，自己比喻成四處留情的蝴蝶，頗有幾分優雅的基情，你們養蛙的羨慕不來了。而芭蕉的漫遊常常是壯遊：八月出門，明年四月才回家那種，回家後除了勤奮寫作，還要自我調侃一番：「江戶草庵洗旅塵，夏衣虱子未抓盡」。

達有達的風流，窮有窮的風流。種田山頭火就是窮風流的極致，也許他的狀態更像兩袖清風、不知所蹤的蛙。此人身世就很傳奇，他目前在日本的熱門程度已經超過松尾芭蕉，但國內讀者未必了解，我就草草介紹幾句。山頭火一八八二年出生於大地主家庭，但他除了沉迷俳句，還酗酒愛嫖，把家業敗盡（岩重孝的漫畫《詩人獨自徘徊》就詳細地描繪了這個過程）。愧對妻兒，於是他在一九二五年出家，拜望月義庵和尚為師，做了觀音堂的守廟人。

但寺廟也留不住山頭火的腳步，一年後他開始了不息的行腳化緣生涯，長途旅行達六年零兩個月，最後死於四國松山，一場俳句會之夜。山頭火的魅力和爭議緣出一致：自由與倫理的矛盾。毫無疑問，他是對不起家人的，但詩人就像著了魔道一樣，時刻想著生活在別處，不願停步。而當代日本人很難如此放縱，一身背負責任太多，於是分外羨慕可以不顧罵名浪蕩一生的種田山頭火。

即使作為日本傳統民間社會都接納的行腳僧生存，山頭火也是格外窮困的，因為他行腳的時代正是日本開始窮兵黷武的時代，而山頭火還是一個罕見的反戰者。但山頭火的偉大在於，他在困頓中悟道，他寫下這些雋永的自由律俳句：

「細細品味，只有飯的飯」——明明是沒有菜佐餐，卻得以深度了解白飯的真味。這也可以理解為俳句的真義，極其簡約的日本美學，讓你在有限的意象中珍惜和想像留白的空間。

「不明所以，百花綻放」——是「此中有真意，欲辯已忘言」的變奏，但禪僧山頭火連陶淵明對「真意」與「辯」的執著都放棄了，而正是在「無知」的狀態中，宇宙的神祕才自然地對你開放，這又多麼像海德格所說的對物「泰然任之」地敞開的存在態度。

老實說，我就是從那些蛙兒子從日本各地發回來的照片上牠那個踄踄的樣子，辨認出牠作為浪遊俳人的真面目的。蛙的孤獨，在孤獨中的自賞（俗人稱之為「踄」），引起我們深深的共鳴。我讀過最孤獨的一首俳句，也來自種田山頭火：

「滑倒跌倒，山也寂靜。」

這句詩記錄的是，青蛙一般的詩人獨自在山野中趕路，突然腳底一滑跌倒在地（「滑倒、跌倒」的節奏形象地、幽默地描述了他的畸零），而那一刻他彷彿回到了學步不穩的小時候——小孩子學步跌倒，周圍的大人總是屏息一驚、然後趕去扶起他。但身世孤零的種田山頭火，此刻只有群山為他屏息寂靜。

而山頭火並沒有悲傷和氣餒哦，我想像他的另一首名作，是他躺在地上不起來的時候來的靈感：「風起雲湧／雲湧雲湧／上白雲」——重要的事情說三遍，雲湧比什麼都重要，這連續的三個詞就像聲音的階梯，一直把寫詩者和讀詩者送到第三句神采飛揚的「上白雲」中去。一剎那，物我皆忘，有沒有家、回不回家，對於我蛙已經不重要了。

我這麼說我蛙本質上是一個俳句吟遊詩人，並非意淫。這種對放任自適生活態度的嚮往，已經深入日本人心性的另一面，他們不敢親自履行卻無比豔羨的一面。「旅かえる」這款熱爆遊戲也深得箇中三味，它的熱源自它的冷，它不解釋、不激動、也不尋求什麼重大意義，就像山頭火所說的「不明所以，百花綻放」，一切淡泊的美就在你無所期待中發生，何必在乎遊戲的勝負、得失的多寡？這才是俳句的詩意。

⊙松尾芭蕉俳句翻譯，除第一首為廖偉棠譯，其他出自鄭民欽譯本；種田山頭火俳句翻譯，出自岩重孝的漫畫《詩人獨自徘徊》，謝佳芸譯，東立出版。

斧柄在手，寒山不遠

——蓋瑞．施奈德的原點

《砌石與寒山詩》（柳向陽譯）、《斧柄集》（許淑芳譯）這兩本詩集，可以視為蓋瑞．施奈德（Gary Snyder）的原點與巔峰之作。

《砌石與寒山詩》是我非常熟悉的作品，吾妻曹疏影的碩士論文就是研究它的，她的譯本、英文版本和香港梁秉鈞先生等人的選譯，我都讀過無數遍。二〇〇九年我在香港見到蓋瑞．施奈德，曾冒昧問及他一個問題：他到底是從漢語還是日語翻譯的寒山詩？——我之所以這樣問，是因為我們的交談中蓋瑞．施奈德提及的不少名詞他採取的都是日語發音。

他的答案是：漢語。其實今天重讀全本《砌石與寒山詩》，回想起來，我當初不必懷疑蓋瑞．施奈德，因為從《砌石與寒山詩》的時代開始，蓋瑞．施奈德就更接近一個中國的古詩人而不是一個日本俳句詩人，他的入世比日本人的浮世放浪要積極得多，他的禪宗是唐之禪，王梵志、慧能、寒山那樣的，而不是瀟灑爛漫到種田山頭火那樣的，日本詩人與他最接近的，一休宗純而已。

在蓋瑞．施奈德二十多歲寫的《砌石與寒山詩》，他已經展現出超越當時一般的東方美學愛好者的大格局。他常常選擇以「賦」——以陳述來平靜地嵌構一首詩，不用花一枚釘子，像出現在他的京都詩裡的木建築。

他像一個輕型的杜甫，而不是更琳琅滿目更現代派的李商隱。比如〈京都：三月〉裡視角的搖曳變換、最後廣被百姓的方式，非常像杜甫從草堂時期的放松一直到夔州（如〈閣夜〉）時期的胸懷天下。杜甫的儒家成為了寒山的禪的壓艙物，但寒山的禪又使杜甫輕逸起來。

「像一只熊／跟蹤人類／智力和絕望的未來。」（〈石園〉）道破天機，蓋瑞．施奈德之大，在於他從深厚的人道主義出發超越狹隘的人本主義。他既是化身為熊的跟蹤者，也是被跟蹤的人類。在一些論文裡，他把這種介乎人獸之間的身分，以印第安人神話裡狡猾的「土狼」作喻。這一層面使他從另一個角度進入寒山——這個名詞的雙重性，即是清貧的人類寒山和尚，又是自然嚴峻的一座山。而這正是蓋瑞・施奈德的魅力複雜之所在。

蓋瑞・施奈德的確是狡黠的，但《斧柄集》裡另一面的他，是敦厚實在的。他也繼承了中國詩歌的說教，寒山和禪詩本身就有說教、勸世意味（甚至多於杜甫），但蓋瑞・施奈德把它美國西部化了——西部意味著生存智慧。這使蓋瑞・施奈德的說教迥異於某些當代中國詩人的說教，後者往往淪為「大言」，誇誇其談，無一落實處。

蓋瑞・施奈德的說教全部根源於自己的勞動，在《斧柄集》裡那是一個年過五十的中年男人在山居裡事必躬親的勞動，是一個父親帶著兩個兒子傳遞生活經驗的勞動。沒錯，就像〈斧柄〉裡那個「操斧伐柯，雖取則不遠」的絕佳隱喻。「斧」、「柯」、「則」三者都被人充分論述，但我更喜歡「不遠」在蓋瑞・施奈德所有詩中的表現。「不遠」讓我想起孔夫子「未之思也，夫何遠之有」這感慨，蓋瑞・施奈德的詩常常洋溢著一種思念：對地球和人類的本來面目的思念，這使他得以非常親近真理——海德格所謂的「與真理為鄰」。而蓋瑞・施奈德對我們傳遞真理的手法往往是以驚喜的口吻，讓讀者以現在進行時參與詩人的發現，隨喜讚嘆，這也是我們為什麼對這樣一個本應敬畏的老師的角色感到非常親切的原因。

這些詩的寫作方式如是：斧刃鋒利擊破如棒喝、斧柄傳遞手掌的力度和溫度，結構都至為簡潔質樸、直接。

這樣的一把斧子，也是行動主義的，行動主義體現在他對機械的熟悉上，這一點別的詩人望塵莫及，他也懂得各種木匠活、木材防腐配方他直接寫進詩裡，其他本地的降雨量、氣溫等一絲不苟記錄在案，這是一個農夫的精神。他料理文字也一樣，他先成為一個完整的人再成為詩人，這是他跟大多數的現代詩人甚至現代人的區別。

正是有了《斧柄集》第一部分我們熟悉的那些短詩的基礎建設，這次全譯本的第二部分的組詩〈獻給蓋亞的短歌〉和第三部分的〈網〉的意義才得以呈現。蓋瑞．施奈德召喚我們歸屬於大地的方法和梭羅不同——也許是時代壓強不一樣了，選擇歸隱不等於拒絕世俗生活，選擇站自然一邊不等於不和政府談判。諸如〈深夜與州長談預算〉這樣的題目，是唐朝官僚詩人才敢碰的，蓋瑞．施奈德寫得羚羊掛角，「預算」無處不在卻無跡可尋。

〈移開反鏟機液壓系統的泵板〉、〈錢往高處游〉這樣的題目，則是唐朝詩人都不可能碰的。從惠特曼的宇宙萬物的播種機式詩歌，到查爾斯．奧爾森的「放射詩」，到蓋瑞・施奈德的「網」，美國詩歌越來越從容，覆蓋一切。中國古代知識分子詩人向往過的那種「俯拾即是，不取諸鄰。俱道適往，著手成春。」（司空圖《二十四詩品・自然》），斯奈德做到了。他的詩裡也充滿「如逢花開，如瞻歲新」式的讚嘆，也因為他意識到詩人與這個世界共處之道，讚嘆總是比詛咒更有建設性。

「從心所欲不逾矩」，蓋瑞・施奈德從《斧柄集》開始進入孔子對七十歲的期許，實際上那時他才五十歲出頭。我驚訝於他處理廣闊題材的能力，不但是跨領域而且是跨時間的。我尤其喜歡〈乳房〉一詩，從嬰兒之吸吮寫到中年人的性愛：

扁平的乳房、疲憊的肉體，
將像舊皮革一樣劈啪作響，
足夠堅韌
去再過幾天好日子

這慰籍如此真摯而無遠弗屆——這又回到前文所敘的「不遠」這個蓋瑞・施奈德的原點中去了。

斧柄磨就掌中趼
趼中川壑彙作月球
群山行路，七海奔赴
田邊沙彌的石頭身端正

——這是九年前我寫給蓋瑞．施奈德的四首絕句的其中一首，今天讀《斧柄集》完全印證了其中的想像。蓋瑞．施奈德的中文名字曰「砂井田」，砂是自然細微的粗糲，井和田都是人與自然的友善互動，唯其如此與大地耳廝鬢磨，仰望寒山或者索爾多山（Sourdough Mountain，又譯「酸麵山」）時才更心平氣和吧？

寒山不遠、年輕時當護林員瞭望塵世的那段時光亦不遠，因為它們會隨時隨詩一步步向詩人走來——「青山常運步」，我突然想起施奈德熱愛的道元禪師這句偈語。

宮澤賢治：阿修羅的覺醒

天空中充滿昏暗的業之花瓣
我因記錄了諸神之名
正猛烈地寒顫不休
——〈夜的溼氣與風寂寞混淆〉

這是一個從阿修羅視角看見的天空，這是一個覺醒的阿修羅，因為看見過太多黑暗與光的廝殺而痛苦震顫。宮澤賢治（1896-1933）自比為阿修羅，實有自責意味。縱使無論在其生前幫助的農人眼裡，還是在後世閱讀他童話的小讀者眼裡，他都是一個聖潔的天使。

以阿修羅的形象，宮澤賢治自己抵禦著把他神聖化的努力，而正是這一自責和抵禦使他更加偉大。阿修羅本身就是奇怪的矛盾存在，佛教裡所謂：「三善道為天、人、阿修羅；三惡道為畜生、餓鬼、地獄。但阿修羅雖為善道，因德不及天，故曰非天；以其苦道，尚甚於人，故有時被列入三惡道中，合稱為四惡道。」和基督教傳說裡的「苦天使」頗相似。

作為農村改革者和童話家的宮澤賢治，把身上的阿修羅壓抑頗深，唯獨在詩歌中盡情探索自身的深淵（在華語讀者的視野裡，宮澤賢治被遺忘了這重詩人的身分，直到今年他誕辰一百二十周年前夕，他的詩集的簡體和繁體中譯本才先後出版）。他唯一的一本詩集命名為《春天與阿修羅》，道出了自身的兩面性：生機勃勃的宇宙和來自人性的靈魂試煉。

前者是明顯的，在他的詩裡，萬物熠熠皆有靈，以太在呼息著，元素生滅組合，「胸懷宇宙者，無論身處多麼偏遠處，總是能超越地方性而存在。」同時代的大詩人高村光太郎這樣表達對賢治的讚嘆，他還形容《春天與阿修羅》是「詩魂龐大，親密且泉源性的一個宇宙的存在」。

在這樣一個宇宙的背景前面，宮澤賢治自我期許為這樣一盞電燈：「（所有透明幽靈的複合體）／與風景及眾生一起／頻繁焦躁地明滅著……（光芒常在那電燈卻消失）」首先，他傳遞光，然後他與眾生一起經受明滅，最後他消失，只留下光。他使用的是在上世紀初多少作為西方的惡魔之力的科學名詞，進行一種前所未有的詩意闡釋。大量物理學、天文學、化學當然少不得植物學和農學的專有名詞出現在那些樸素的風景白描之間，使他的世界籠罩著一股未來的光華、一種異星情調。

然而他的詩作主題，卻一再重回大地，駐根原鄉。前幾年，因為大地震及海嘯、核災害，飽受蹂躪的人民想起了宮澤賢治那首〈不畏風雨〉，據說它被抄寫在學校廢墟的黑板上，一如九十年前賢治剛剛寫下時那樣鼓勵人心。這是一首明朗勵志的詩，使宮澤賢治被再次冠以國民詩人之名。這首詩裡宮澤賢治並非要成為英雄、超人，而是要忠實於自己，他要有強健的身體、無欲則剛、絕不發怒（阿修羅的本性恰是易怒好鬥的）——每天吃四合（八碗）糙米飯，這是一個勞動者的胃口呢。

之前那個孱弱的詩人是做不到的，宮澤賢治其時已經成為一個務實的農學家，到田裡和農民一起耕作，死前一天還在回答農民的問題。詩中呈現一個「被眾人喚作傻瓜／得不到贊譽／也不以為苦」的坦然無所謂形象，他正因為無所謂而無敵，一塊木頭是不會輸給雨的，一個人反而會。宮澤賢治想回歸一個人類的本性，最初的、沒有勾心鬥角之前的隸屬於萬物的精靈，阿修羅本應如此。

與之相似的，我更喜歡一首〈鞍掛嶺的雪〉：「可以信賴的／只有鞍掛嶺綿延的雪……」。兩者都寫及怎樣從大自然當中尋找到希望，在上個世紀初的日本農村，這種希望其實很渺茫（在口語詩〈會見〉裡宮澤賢治直接寫及其時農村的絕境：「本來現在的村莊／能借的就全借／負擔只有年年增加／僅靠雨成或那兒的收益／誰都沒辦法過下去」）。二〇年代的岩手縣更是一個比較貧困的地區，宮澤賢治每日艱苦勞作之時，抬起頭看見鞍掛嶺，那是一個火山爆發後的、並非風景式的嚴酷之地。但就像陶淵明悠然見南山一樣，當他看見山頂的雪，就得到自然對他的安慰，況且這還是家鄉的原山，根脈所在。

宮澤賢治稱他的詩為「心象素描」，也即是說，除了書寫阿修羅性的哲學式詩篇，他寫身邊山野田原的詩，裡面的意象也在心象之中起伏。〈鞍掛嶺的雪〉裡有一句：「像酵母一樣的暴風雪」非常深刻——將暴風雪比喻成酵母是很罕見的，但酵母是制成面包的關鍵、文明食物之源，這個比喻揭示了宇宙之間的磨煉成為生命的必需，阿修羅想像之於賢治，也有暴風雪酵母的意思。

另一首我喜歡的〈一本木原野〉裡，就有與〈鞍掛嶺的雪〉相對應而呼應心象的地方，它所涉及的每一樣自然物，都構成宮澤賢治生活中一個細節，但就是這些細節解釋了他跟這世界的一種泛神論式的聯繫。宮澤賢治的信仰很有趣，他是一個虔誠的佛教徒，但在他的詩中經常見到一些基督教文化的意象。例如本詩先出現了「受洗者的心願」後面呼應以「磔刑」，「磔刑」是一種施加在早期被迫害基督徒身上的一種酷刑，他竟然以此「交換恩澤」，而且說它與「我與戀人之間對望一眼」是一樣的，這極端的對比：被殺的殘酷與相愛的幸福，對他而言都是恩澤。

這是去到很高境界的信仰者才會有的殉難者意識，對宗教思考得很深的宮澤賢治就有這種為眾生受罪的想法，他畢生為農民做事也有這種苦行色彩，常人都會覺得他不必如此投入，乃至於不顧病軀作出犧牲，頗像托爾斯泰所為。這是那個時代知識分子贖罪的姿態，也是一個阿修羅式的自救。

在宮澤賢治這裡，你可以發現另一個大正時代。大正時代又被理解為文豪的時代，文化神話比比皆是，比如：一九二六年改造社出版六十三冊《現代日本文學全集》，極為暢銷，被收錄的作家憑版稅一夜成巨富。稍早，一九二三年，宮澤賢治收到他一輩子唯一一筆稿費：五日元。五日元不多不少，可以買好幾本書——而一九一八年，日本一個小學老師投書報社訴苦：他月入十八日元，家庭支出至少二十日元，全家吃粥度日，新年也沒辦法給孩子買一件新和服。

因此，大正時代也是明治末年暴動年代的延續，基層知識分子和進步工人成為潛在的革命者。民權覺醒，「國民」二字成為熱門詞（底層的民族主義也高漲，另一個熱詞恰恰是「帝國」）。曾任小學教員、後為農村建設改革者的宮澤賢治，其實早在那個時候就當之無愧「國民詩人」這一頭銜。雖然在後世的日本，凡冠以「國民」二字肯定是四海聞達之大師，賢治開啟的卻是其本質的一面：承擔一個時代的精神重負（與風景及眾生一起／頻繁焦躁地明滅著……）。

文章開頭所引〈夜的溼氣與風寂寞混淆〉有一個異文版本，沒有收錄於譯本中，詩的結尾還有一句：「啊——誰來對我說吧／說億萬巨匠並列而生／且互不相犯／光明世界必將來臨」這是「為萬世開太平」的聖者氣魄，賢治本人就是這巨匠之一。宮澤賢治是東方的特拉克爾（與他同代的奧地利表現主義詩人，一戰期間自殺），兼有賀德林與尼采晚年的神性／魔性。促成阿修羅的轉變的，是宮澤賢治妹妹敏子之死（特拉克爾則因為妹妹之死而沉淪），阿修羅因此不限於自責和個人痛苦。

從詩集一系列寫給亡妹的詩可見這種發展，〈永訣的早晨〉裡，敏子病危垂願賢治取一些雪水給她喝，促成賢治頓悟：「你特意囑咐我／從那些被稱作銀河、太陽以及大氣層的世界的／天空落下的雪，我取來最後一碗……面對你將吃下的這兩碗雪／我此刻由衷地祈禱／（請將它變為兜卒天的食物／隨即將為你和眾生／帶來神聖的資糧）」。

其後一首悼念之作〈無聲慟哭〉裡，宮澤賢治再次喚醒久未在其詩中出現的阿修羅形象：「我行走在青黑的修羅道之時／難道你將順著自己命定的路。踽踽獨行嗎……這裡反倒充溢著夏日原野上／小小白花的芳香／只是我現在不能說／（因我正行走在修羅道上）」。但到了後來一首〈手簡〉，他已經能預知突破：「我的胸腔昏暗而熾熱／想來發酵已經開始」，聯想「酵母一樣的暴風雪」，可見宇宙之試煉直接作用在詩人身上了。他終能抽身注視一個介乎心相和目睹的修羅之道的行人：「一個身著青泥色橡膠雨衣的人／緩緩走過／實在是件痛苦的事」，為什麼痛苦？因為那人是賢治的分身。但最後在他對妹妹靈魂的呼喚下，敏子之靈以一個觀世音菩薩一般的偉大同行者的幻象回來陪伴他：「用那白瑩瑩的碩大裸足／彼處冰涼地板／請與我一同踏過。」

既是通過自身不息的修羅道上苦行，也帶有妹妹之死的啟悟，宮澤賢治《春天與阿修羅》裡的詩作愈加自由，達到渾然於時運流轉的境界。一首寫給種山原的

〈牧歌〉，堪稱天成之作，在裡面宮澤賢治就像一個農人，他不能改變天氣只能看天吃飯，慢慢就摸懂了大自然的脾氣，下雨了、淋溼了、不見了就不見了，種山原的草和雲如此，人的一生也如此。《詩經》時代的人類就是這樣的，阿修羅因歷劫嚐苦而終歸善道，也會是這樣的。

⊙文中所引宮澤賢治詩譯，主要來自新星出版社《春天與阿修羅》吳菲譯本，《會見》及高村光太郎評論出自台灣商周出版《不輸給雨》顧錦芬譯本，大正時代史料出自《二十世紀日本》安德魯．戈登著，香港中文大學出版社譯本）

瘂弦：深淵，或一條河的意義

瘂弦是知魯迅為大詩人的，即使在魯迅曾被國民黨作以與共產黨相似的誤讀的時代，他已經讀懂《野草》的虛無與悲憫。瘂弦也是虛無與悲憫的承擔者，較魯迅尤為自覺，濃墨重彩琳琅滿目地立其情、遣其懷，而且，在瘂弦寫作的五、六〇年代之交，有這樣的自覺又有這樣的猛力的，華語詩中相對應的只有遠在西北僻地的詩人昌耀，這兩顆靈魂的孤獨，也可堪比上世紀初冷館翻故紙的魯迅。

好詩往往生於絕境，昌耀所在的青海右派流放地的貧瘠，與瘂弦當兵之時台灣的政治高壓下的精神荒蕪，也可一比。從「在島嶼寫作」紀錄片《如歌的行板》中瘂弦自述可知：他來台後駐台南成功大學，離家的新兵們鬧營、自殺比比皆是，但詩人想家則選擇了拉二胡——拉著拉著就想起了故鄉流民所唱的「蓮花落」，就想到

「寫詩。

詩出現在人生的絕境，初時也許僅僅是自我治療、自我保存的救命稻草，但當詩人的自覺爆發之後，它便以高度濃縮的字詞挺身而抗衡一個時代的荒蕪，就像敦煌戈壁當中的畫圖，它非絢麗、豐盛至氣象大千不可，瘂弦亦如是，而且他熟悉戈壁之荒蕪，從中攝取同代詩人未敢大口呼吸的凜冽寒氣。

瘂弦的魅力根植於這種種矛盾：目擊殘酷的家國命運帶來的虛無，成為其新奇詩風下面沉甸甸的墜子，牽引他詩才的飛行永遠不忘俯瞰大地的瘡痍；遣詞造句的種種銳意，語不驚人死不休，又使他不拖泥帶水於家國重負，高踞詩人的預言者位置，詩句呼應過去與未來，並泛及底層「賤民」至教授、軍官、獨裁者各層的困頓內心。

他更換種種面具演繹時代，又不忘自身深處情懷，關於他這類詩作向來有敘事詩與戲劇詩之爭，其實他的出處是謠曲，「蓮花落」之於瘂弦就像西班牙「深歌」之於羅卡（Lorca），天賦的樂感與幽默感，使他們跳躍的詩句能承擔起主題的沉重。一如瘂弦在紀錄片中所說：「民國三十七年十一月四日，永不忘記的斷腸日」——從此離亂就是其詩不忘的底色，「春天，春天來了以後將怎樣／雪，知更鳥和狗子們

／以及我的棘杖會不會開花／開花以後又怎樣」（〈乞丐〉）這種破罐破摔的抒情，統攝了敘事與戲劇，卻反諷地建立起一個高貴的流亡者形象，須知手持棘杖且開花的，往往是「聖愚」（Foolishness for Christ）。

電影跟隨瘂弦返鄉，找到唱「蓮花落」的藝人，瘂弦開腔和唱之時的神氣，不亞於此前管管以近乎秦腔喊唱〈鹽〉一詩時的鬼魂俯身似的瘋魔。〈鹽〉是〈乞丐〉的升級版，更殘酷也更具直擊時代之核的野心，可以說以二百字寫盡了中國人之苦難，鹽務大臣與杜斯妥也夫斯基都是神樣的人物，說不清哪個離二嬤嬤更遠，二嬤嬤就是杜斯妥也夫斯基那些被侮辱和損害的人吧，可是存在杜斯妥也夫斯基及俄羅斯文化當中的救贖之力，並不存在中國。

因此「天使」成為絕望的反諷，當春天二嬤嬤「只叫著一句話：鹽呀，鹽呀，給我一把鹽呀！」的時候，「天使們就在榆樹上歌唱」；冬天二嬤嬤也「只叫著一句話：鹽呀，鹽呀，給我一把鹽呀！」——「天使們嬉笑著把雪搖給她。」天使從漠然的歌唱者發展到加害者，給渴求鹽的人以雪，其實等於使她饑寒交迫。再回到基督教背景中，鹽本身俱有「義人」的隱喻，所謂人中之鹽，更可見天使的棄絕無情。

否認天使乃否認救贖，瘂弦的存在主義底色於此揭櫫，其後更進一步：〈戰時〉

說「在死的營營聲中／甚至——／已無需要天使」，致意前輩詩人覃子豪的〈紀念T·H〉說「一輛汽車馳過一個賣鈴蘭的叫喊／並無天使」，從有一群不救人的天使，到明言不需要這些天使，到覺悟根本不存在天使，這是現代詩中罕見的決絕態度，這樣一個詩人形象，更像卡繆《異鄉人》裡的莫梭。這是詩人瘂弦存留在詩中真實冷峻的形象，籠罩其身，使他之後不寫詩的數十年依舊保持一個詩人的超越性。

理解這種冷峻，才能理解《深淵》當中的憤怒是如何迥然有別於他人的憤怒，這是純粹詩的憤怒，植根於自身的痛。數年前我曾寫小文論及《深淵》的宏觀意義：「除了人的存在之尷尬，他還涉及到了『前冷戰』時代和『冷戰時代』台灣的一種尷尬，台灣在當時的世界政局中是一個棋子，又不得不成為一個棋子的尷尬。而這種尷尬又是時代本身的尷尬，不只是一時一地，而是進入極度現代化的虛無世紀必然擁有的尷尬。」這種尷尬，大多數人選擇一笑了之，唯獨詩人感到恥辱和疼痛。

去看，去假裝發愁，去聞時間的腐味
我們再也懶於知道，我們是誰。
工作，散步，向壞人致敬，微笑和不朽。

他們是緊握格言的人！

這經典的四行詩已經宣判這是一個非思亦非詩的時代，人類創造哲學，是為了持續質問「我是誰？」，人類創造詩，是為了反抗格言那樣禁錮想像力的功利主義思維，雖然詩會在歷史進程中經典化成為後世的格言，然後世又總有新的詩去顛覆經典。由詩人宣布思與詩之死，不啻於尼采宣布上帝之死，此後全詩展開種種荒誕景象，詩人反覆強調的活著實際在掩飾「早已被殺的人再被殺掉」這麼一種雙重虛無的事實。

「我們為去年的燈蛾立碑，我們活著。」是犬儒對理想主義者（視為燈蛾撲火）的埋葬，「我們用鐵絲網煮熟麥子，我們活著。」是理想主義者的犬儒化（鐵絲網被撕下，成為苟存的工具而已）。然而耶穌兩次出現，一次是像前述天使那樣否定式的：「沒有頭顱真會上升，在眾星之中，／在燦爛的血中洗他的荊冠」並且指向彼拉多與麥克白夫人的洗手典故；一次卻是帶有憤慨的：「耶穌，你可聽見他腦中林莽凿長的喃喃之聲？」——這林莽有別於下一句的「甜菜田」與「桃金孃」，而直接導向現代詩最著名的結尾那條「剛果河」。

在剛果河邊一輛雪橇停在那裡；
沒有人知道它為何滑得那樣遠，
沒人知道的一輛雪橇停在那裡。

這是極其勇猛的「宕開一筆」，雪橇不可能停在熱帶河畔，而「詩」本身就是要反抗「不可能」，這也是理想主義，也是詩人的自許：你們無法想像我在詩的密林中走了多遠，而即使沒人知道，這不可能的事物卻存在，一如詩存在於這非詩的時代。

電影此處亦給人深沉的撼動，隨著蔣勳的念誦，「深淵」的形象如「在島嶼寫作」前作《化城再來人》的金色淡水河灘緩緩展開，這是一個華麗的深淵，在蔣勳的讀音和滿目的夕光中，能感受詩中聲色的沉淪與逆向旋轉上升的魔力。這是「鯨吞一切感覺的錯綜性與複雜性」，瘂弦自己總括，「人不過孤獨生存，在上帝已死的世界沒有任何價值，我傾聽一切的崩潰之聲，連同我自己在內的崩潰之聲。」

作為一部傳記紀錄片，不過不失的忠於傳主的陳述之餘，我歡喜於見到它如此觸及了詩人「魔性」的一面——這是在魯迅「摩羅詩力說」意義上的魔性，瘂弦的前衛性、挑釁性和顛覆性盡在於此。不懂詩的人會形容為負能量，懂的人便懂：每一條河都有成為深淵的欲望。

因此才有了這永恆的結構：

而既被目為一條河總得繼續流下去的
世界老這樣總這樣：——
觀音在遠遠的山上
罌粟在罌粟的田裡

關於觀音與罌粟的象徵早已有一百種不同的答案，無論這是何等懸殊的對比，河總不變：它倒映遠處的觀音，它灌溉近處的罌粟，無論觀音是否也救度罌粟，河自己已經選擇。

蝶的歸來去

周夢蝶先生說起回鄉：國破家亡，還回去幹什麼？——我深以為然。這是《化城再來人》花絮裡，周夢蝶憶述離母之痛的時候所說的。然而他有他歸去之地，是詩，是古代的中國，是那個念念不忘的化城。

周夢蝶先生去後，我重看了《化城再來人》，再重看了先生贈我的詩選和我得之於舊書店的《十三朵白菊花》。「周公創作週期漫長，我獨好其中期，既有冬之蕭索，又有冬之潛藏蘊藉，未到最後的釋然，必有掛顧，卻因此動人。」我大愛後者，曾作如是推介。從中能看到古典之深入骨髓，理所當然地成為一個詩人自我褒有的氣概，而不只是繼承和化用；繼而生活也名正言順地與這氣概接軌，沒有絲毫矯情——當然，這是因為我了解了周夢蝶此人之真摯，方能完全信任地進入他的語境。如此進入，不神仙化詩人，也不動輒落淚憐憫，才能知道這孱弱身軀裡的大勇猛，知道瘦寒文字裡的大火焰。

世人對周公賦予「詩壇苦行僧」的稱號，此大謬也，豈不聞「一簞食，一瓢飲，在陋巷，人不堪其憂，回也不改其樂」乎？如果讀先生詩，讀不出他的快樂在字裡行間的一顰一笑中，那也是理解不了先生大半個世紀的堅持的。且看《十三朵白菊花》中，常常有作童心語，於天地絕境中拈花微笑的境界，像〈聞雷〉一詩，是周公境界的靈光一閃，前半部展現「殺死。而又／殺活」的禪宗勘破生死關的大能，而筆鋒一轉，「一片雪驚異於自身的一片白／而不見了名字」這是存在的自我猛省，省後可忘機，最後連「忘機」也可以付諸自然：「就在『不見』的睫影深處，定知／有顆微笑在你微笑裡的深黑的眸子。」這裡翻出多少意思，最難得的二字是「定知」，這種生死之外的確信，也許僅僅是對「有情」的確信，卻保證了化城的「再來」。

《化城再來人》陳傳興導演說，「化城」一詞出自《法華經．化城喻品》：導師帶領眾生前往成佛之地，但道途險惡，行人會疲倦會退卻，導師便於途中變出一幻化城郭，讓眾生休息，一旦眾生生養休憩，便又將城郭幻化，令眾生了解一切均為夢幻泡影、海市蜃樓。而「再來人」，則是可成佛卻不成佛，選擇重回到人世間來度化眾生。

如非「定知」難以興衰一化城在眾生之苦道上，如非「定知」也難以許諾再來再遭此劫，他也定知必有微笑應許他的勇猛。世人再一個誤會是把這種勇猛單見為多情，都知道周夢蝶嚮往賈寶玉愛女子的清潔，不知他拈出「不負如來不負卿」來寫紅樓夢筆記，乃是見到了賈寶玉的一個可能的昇華：倉央嘉措。不負如來的前提，原來就是不負卿，這也是倉央嘉措經歷種種放浪而以自身命運親證的。

周夢蝶的詩越老越澄明，是真正了悟了入世之道，一一回聲於早年《孤獨國》裡那個極高的自我期許，一一吻合後的圓滿。此景，如浴乎沂，風乎舞雩，可詠而歸矣。

在民國的餘光之中

每當一個「文化老人」去世，總有人悲鳴「一個時代終結了」云云，這次詩人余光中的故去，也有不少大陸文化人聲言「台灣最後的鄉愁消逝」甚至於說「那一個民國已經遠去」等等，自我感懷一番。

不能說他們「非其鬼而祭」，余光中，的確比大多數台灣作家更顯得與大陸作家是同類者。純粹從詩而看，他很接近另一位余姓作家余秋雨，徜徉山水之畔而不見人間，追懷古人而不問今人，用鴻鴻的話來說，就是「雅不可耐」——這不正是信仰中華復興的附雅者所嚮往的嗎？

對於普通的大陸民眾，〈鄉愁〉代表了余光中，也代表了他們想像的中華民國台灣中的「有識之士」。那一首流行詩結構巧妙，不動聲色地把愛國主義融混到樸素情感中去，用遞進的方式，完成從母親、新娘、亡母到大陸的類比，比起宣傳部那些簡單粗暴的愛國譬喻，高明多了。但也因其潤物細無聲，同時又明朗易懂，遂被官方利用成為理想的宣傳詩。

至於大陸文青或者文藝中年，則會選擇〈當我死時〉或者〈尋李白〉，這兩首詩也是匠氣之作，但著力頗深，尤其前者的個人感懷寄寓較為率真。〈當我死時〉的源頭可以追溯到戴望舒的〈我用殘損的手掌〉，雖然密西根的校園遠勝於香港域多利監獄的死囚倉，但這種愛國的思念皆非泛泛，大量肉體、感官意象暗喻出切膚之痛，這不是鄉愁，而是關於鄉愁的焦慮，關於一個漸漸失去思鄉「合法性」的人對自己是否應該有鄉愁的焦慮。

可惜這種焦慮在余光中詩中沒有深化或者延續下去，他非常有自信可以越過這種焦慮。就像〈尋李白〉，基本上靠民間對李白的種種浪漫想像加上杜甫幾首寫給李白的詩的詩意，以誇張修辭繁衍成篇。這種民間定見，恰好又與大家對盛唐的想像相符合（就像徐克的諸多盛唐背景的電影，盡是李白式的堂皇、開闊、飛動、變幻之感），所以以李白指代盛唐也就成為一個約定俗成的做法，余光中作為學者型詩人，也不能免俗——不是因為他流俗，而是因為他需要從盛唐想像中獲取他的中國自豪。

但無論如何，他的那一個中國，明顯已經不是今天的中國，既不是大陸的中國，也不是台灣的中國了。如此看來，他孑立在中華民國的餘光之中，一如他的名字，倒頗有幾分悲壯。

國府南渡，存中華凋零花果於一隅——當年唐君毅先生這一令人動容的形容，今天的台灣年輕人聽來只會莫名其妙吧。而余光中們的鄉愁，即使僅以詩傳，而不被晚年的肉身行動抵銷，也一樣的不合時宜，這亦是我為余光中之逝保留個人的同情之故。

記得「在島嶼寫作」第一輯余光中篇《逍遙遊》裡，最為不協調音的一幕，是台大詩社年輕詩人們討論他的詩。台大詩社的同學很誠實，說他的詩就是一個六〇年代的文獻。一個詩人的詩不被當成詩而是當成文獻看待，和他在對岸被當成文化象徵看待一樣，不無諷刺。同學還說：「我（跟他）沒有『我們』的感覺」，「他面對的困難，在這個時候不用解決就已經解決了。」前面一句很對，後面一句我卻存疑，真的不用解決就解決了嗎？

比如他一生最大的汙點：〈狼來了〉和告密，簡單罵一句無恥或者交付給「轉型正義」就解決了嗎？在其中除了人性的問題，是否還有時代的問題？其時中華民國面臨外交絕境，在生死存亡之際到達了最後一次愛國主義高潮——人性中的惡恰恰在後者的悲壯之中找到了順水推舟的可能。

告密和蓋帽子，無時無刻發生在左統所嚮往的中國，至今猶烈，那麼說是否還有中國人的共業的問題？但正正是這一點，讓我們看到了中華民國不同於對岸之處，我們可以嚴厲譴責余光中的失足，卻下意識覺得對岸那些更嚴重的告密事件不用少見多怪，難道不是因為我們預設了中華民國的文人應該有高於郭沫若們的道德標準嗎？

《逍遙遊》裡，余光中風趣幽默，說話準確優雅。但有一處本色流露，他在大陸遊覽，看到徐霞客紀念碑上面寫了著「熱愛祖國」云云，詩人便笑說：「熱愛祖國，這就是句空話。我來寫，才是正格。」前半句剛剛讓人欣喜於他看破，後半句又讓他墮回為國捐「詩」的執念中去了。

紀錄片的結尾，余光中坐在遊覽船上昏昏欲睡，即便背後蘇州城煙花盛放他也沒有醒來，聽到導遊說這邊就是寒山寺，才恍然醒覺，但惶惑的神情大有夢裡不知身是客的樣子——我不禁想起片子中間的一張胡適與余光中居中、四周都是他們那一代精英的合照，畫外音道出：「當時，每一個人器宇軒昂啊！」——這樣的一代人，不應該那樣謝幕的。

⊙一九七七年，余光中在香港中文大學任教時期，在《聯合副刊》發表〈狼來了〉一文，指有人在台灣公然提倡毛澤東提倡的「工農兵文藝」，在現代詩論戰與鄉土文學論戰中頗具爭議的文章。

洛夫的得失，我們的得失

「世界乃一斷臂的袖，你來時已空無所有」——洛夫在〈石室之死亡〉第五十三節寫給新生女兒的詩句，就像是寫給後後一代新詩繼承者的。

至少這是我初讀洛夫一代詩人的感覺。一九九三年夏天，我十七歲，在大陸讀到的第一本台灣詩人專集，就是洛夫先生的《詩魔之歌》。其時我沉迷日本文學，冒昧寄款到廣州花城出版社購買某本已經絕版的日本現代詩選。詩選無貨，出版社發行部的人卻識貨，自作主張給我寄了一本《詩魔之歌》，附言說「你喜歡日本現代詩，想必也會喜歡洛夫的詩歌」。

現在看來，此言不虛，洛夫與日本「荒原派」幾乎同齡，同受西方現代派如艾略特、沙特等影響，沉迷於死亡、虛無、情欲意象的變形演繹，日本的鮎川信夫、田村隆一、大岡信等都曾好此。

《詩魔之歌》裡面就有一代經典的〈石室之死亡〉，初讀〈石室之死亡〉，無疑是驚豔的——但這驚豔一半來自其長度給予同行的壓力。在彼時現代主義遺風尚存的時代／詩壇，寫長詩是一種詩人的升級試，有一兩首拿得出手的長詩是確認一個詩人是否「重要詩人」的標誌——而嚴肅說來，一個自忖有足夠能量去承接這繁複時代的刺激的現代詩人，也只有長詩一途作為精神出口。

但在洛夫寫作長達六百四十行〈石室之死亡〉的五〇年代末，長詩在整個漢語新詩版圖中都是罕見的，在中國大陸有能力寫作長詩、組詩的人，如穆旦、吳興華、甚至胡風，都被政治折騰得死去活來，寫短詩都不能（除非寫「頌聖」詩）更何況長詩，而且索性擱筆不寫也算一種梅蘭芳式「蓄鬚明志」。香港的長詩實驗也要等再過差不多十年，崑南和蔡炎培才有魄力去嘗試。

〈石室之死亡〉與同代台灣詩人瘂弦的〈深淵〉也很不同，前者是以組詩形式分壘建構、逐點擊破的寫法，類似於里爾克的〈致奧爾菲斯的十四行詩〉或者馮至的〈十四行集〉，後者則近於艾略特〈荒原〉。關於〈石室之死亡〉之旨眾說紛紜，起碼能確定其包含著詩人對死亡、欲望、戰爭等的反思，而外化為稠密的詩質、刻意經營的張力，這方面的論述甚多，此處不贅。

不過現在回看，這內外兩點的追求並不嫻熟，既有青年詩人獨有的血氣方剛，又有不少強行推進暴露的破綻。我倒更感興趣於詩中的詩人形象，那是一個基督教殉難聖徒的自我幻象——這種誇張的戲劇性和自憐，如為人稱道的「我以目光掃過那座石壁／上面即鑿成兩道血槽」，你既可以目為神蹟，但也能見充滿電腦動畫超能力效果的滑稽感。詩人選擇這樣形塑自己的形象，是一種期許也是一種偽裝，諸如「被鋸斷的苦梨」這種層層渲染的悲劇性一樣，亦是對讀者的情感走向的一種脅持。

然後在這樣一個殉教者的模糊輪廓上，洛夫使它添加了「刑天」、「夸父」式中國悲劇形象——「口渴如泥，他是一截倒栽的斷柯」，「苦梨」變成「斧柯」又再被「倒栽」，這個小範圍的輪迴是全詩大規模的輪迴的縮影。所以到了最後一首它們再度變形登場，且獲得了更雄辯的表達：「一樹梨花之夭亡更其令人發狂」、「握在左掌中的雕刀／如何能觸怒右掌中的血」（「伐柯伐柯，其則不遠」的變奏）、「並非僅僅為了吃掉那些果／化成那些泥」（「化作春泥更護花」的變奏），由此完成了一個青年詩人的進化。這一演示，是〈石室之死亡〉於今日詩人的最大意義。

其實相較於長詩，我更佩服他的短詩，比如說人皆稱頌的〈金龍禪寺〉：

晚鐘
是遊客下山的小路
羊齒植物
沿著白色的石階
一路嚼了下去

如果此處降雪
而只見
一隻驚起的灰蟬
把山中的燈火
一盞盞地
點燃

詩的技巧凝練而驚人，全詩呈現透迤的動勢，又如陰陽魚，螺旋相生，一邊下山，一邊聲和色都隨人而下，混入台北不存在的雪當中，繼而雪意如蟬聲，逆上點燈，也不分是聲還是光了。這一刻的魔幻感既是禪意、也是電影蒙太奇般的魔術，古典與現代的融彙如此，且準確不可多一分減一分。

我還是喜歡他早期那些孤絕、帶有政治暗諷的作品，如〈泡沫以外〉和〈灰燼之外〉，那時的詩人，必然是青年瘂弦、商禽這些虛無主義者的戰友：

聽完了那人在既定河邊釣雲的故事
他便從水中走來
漂泊的年代
河到哪裡去找它的兩岸？

白日已盡
岸邊的那排柳樹並不怎麼快樂而一些月光
浮貼在水面上
眼淚便開始在我們體內

漣漪起來

戰爭是一回事
不朽是另一回事
舊炮彈與頭額在高空互撞
必然掀起一陣大大的崩潰之風
於是乎
　　這邊一座銅像
　那邊一座銅像
而我們的確只是一堆
不為什麼而閃爍的
泡沫

　　——〈泡沫以外〉

你曾是自己

潔白得不需要任何名字
死之花，在最清醒的目光中開放
我們因而跪下
向即將成灰的那個時辰

而我們什麼也不是，紅著臉
躲在褲袋裡如一枚贗幣

你是火的胎兒，在自燃中成長
無論誰以一拳石榴的傲慢招惹你
便憤然舉臂，暴力逆汗水而上
你是傳說中的那半截蠟燭
另一半在灰燼之外

——〈灰燼之外〉

有血有肉，銳氣交加，飽含上個世紀的矛盾，一個有良知有承擔的華語詩人所應該挺身而出用文字對那個威權時代進行挑戰的，他都做了。〈灰燼之外〉更讓我想起彼時在大陸身繫深獄的詩人阿壠的名作〈白色花〉：「要開一支白色花，宣告：我們無罪，然後我們凋謝」這種決絕。

洛夫先生在台灣詩壇乃至華語詩壇的地位，自不必說；我想談談我眼中的他的兩大貢獻和一大遺憾。第一貢獻就是他終生追求現代詩、大詩的取態，未嘗保守妥協，無論是立場還是作品，均一往無前的試圖前衛，不問成敗，與余光中的日趨保守和楊牧的沉穩典雅都不一樣。第二貢獻是對古典尤其是唐詩李賀、盧仝、劉叉一脈「語不驚人死不休」的形式學習，也是他那一代詩人的翹楚。

遺憾在於在這兩點上洛夫常常經營過度、用力過猛，使詩句過於重視修辭、誇張矯飾，野心盡露，未免讓人覺得做作，這也是我並不喜歡洛夫的多數詩歌的原因。洛夫先生晚年巨作，三千行長詩〈漂木〉是新詩史上的一個傳奇，也是以上三點的統一體現，終超不過〈石室之死亡〉。而青年人寫長詩，可以理解為野心之自證，敗筆均可原諒；老年人寫長詩，未免力不從心，徒令人欷歔。

遠承李金髮，〈石室之死亡〉開始建立一種現代詩的範式，即使按固定的修辭結構來把現實「翻譯」成詩人理解的「詩的語言」，此舉影響甚廣，因為它適於任何一個想要以詩表達自己的非詩思想的學徒。詩人與「寫詩的人」僅僅一線之隔，很遺憾，洛夫漸漸從前者變成後者，安於一種形式的工巧，一息不停地經營，他終成詩生產者當中的大匠，至於學他的，則淪為流水線而已。

「寫詩的人」眾多，是好事，因為其中會有人蛻變成為超越修辭的詩人，其他人則構成了有一定經驗的讀詩者的基本盤。然而漸漸的有人認為只有這種機械操演的現代詩才是詩，那就使一代人的詩陷入乏味雷同的作坊量產了。〈石室之死亡〉的成功，首先在於詩人的極端經驗奠基了詩的肌骨，氾濫的修辭一時能震驚讀者，長遠看卻是對詩的傷害。洛夫後來的「隱題詩」、「唐詩解構」等就是詩之形式主義的無聊極致，也是修辭氾濫的另一結果。

但現代詩的讀者口味卻這樣被培養起來，諸如〈邊界望鄉〉這樣的詩成為詩人的代表作，實際上那是洛夫較差的詩之一，「一座遠山迎面飛來／把我撞成了／嚴重的內傷」這種句子是不應該出現在一個已經成熟的詩人筆下的。洛夫常常重手，倒不如〈香港的月光〉那種e・e・卡明斯（e. e. cummings）的輕盈：

香港的月光比貓輕
比蛇冷
比隔壁自來水管的漏滴
　　　　　　還要虛無
過海底隧道時盡想這些
而且
牙痛

牙痛的詩人並不符合世俗對詩的想像，世俗還是喜歡在落馬洲「勒馬四顧」這樣一個較為悲壯的古典形象。事實上，洛夫的形象並不那麼「詩人」，見過他一面，和紀錄片《無岸之河》裡的他相符，是一個認真甚至拘謹的老人。與他「詩魔」之稱、詩句的工巧也大不同，不過正因為這樣我對他才頗有好感。

《無岸之河》基本是回溯那一代詩人的歷史，與其他瘂弦、周夢蝶、余光中等主題一併構成台灣那一個飄搖時空的「黃金時代」。何以流亡不穩的臨安朝廷中，最不安的軍人要辦一本《創世紀》，這是什麼心理、要開一個怎樣的新天地？我想這就是詩的力量，詩超然在大半個世紀的流離之上，他們一代人的起頭如此高蹈，確保了其後幾代人不能落後，雖然父輩的陰影沉重，但未嘗不為一種鞭策呢？

學我者死，這不但對洛夫的模仿者有效，對洛夫自己也有效。同時，也對我等寫作進入中年階段的詩人都有效，如何才能不因循自己的成功？如果才能擺脫失語的焦慮只寫必要的詩？本文中我指出的洛夫的詩的缺點也都曾存在我自己身上，這些質問，也應是我輩的自問。

而洛夫的遺產，亦折射出某種當代漢語詩歌的侷限：文勝於質、煞有介事——以致把一種可操作的超現實主義當作缺乏詩意的思想的避難所。這種例子，即使在最傑出的〈石室之死亡〉裡亦能找到，最差的像「以骯髒的業績去堵塞歲月的通道」、「誰的靈魂中寄居著知識的女奴」、「只要無心捨棄那一句創造者的叮嚀／你必將尋回那巍峨在飛翔之外」——其空洞已經近乎妄語；更多的是「當整座森林通過煙囪而抽象起來」、「一盆炭火與性的新關係就此確定」、「浪峰躍起抓住落日遂成另一種悲哀」的造作與模稜兩可。

但另一極致的洛夫，卻不是人人能學，像介乎尼采悖論格言與穆旦的斬釘截鐵的句子：「哦，糧食，你們乃被豐實的倉廩所謀殺！」、「我們賠了昨天卻賺夠了靈魂／任多餘的肌骨去作化灰的努力」……像「我們曾被以光，被以一朵素蓮的清朗／我們曾迷於死，迷於車輪的動中之靜／而你是昨日的路，千條轍痕中的一條／當餐盤中盛著你的未來／你卻貪婪地吃著我們的現在」裡面有新詩難得的堅實雄辯，的確與理性的九葉派有著淵源。以至於讓我覺得，稱洛夫為超現實主義詩人是一個誤會，他的超現實主義，往往是虛張聲勢。

「攬鏡自照，我們所見到的不是現代人的影像，而是現代人殘酷的命運，寫詩即是對付這殘酷命運的一種報復手段」——創世紀社論洛夫執筆的這一段，也是他最壯烈的宣言。那一代人的命運，確證了「國家不幸詩家幸」這一魔咒，這種「成功」當然不可複製，也無須複製。他們奠定了一種抒情的高度，我們不妨張望抒情的廣度和深度，也許這是我們更迫切要去做的、也是可以更實在地去做的。

又讀洛夫名作〈湖南大雪〉，其中最精彩的是這一段：

雪落無聲
街衢睡了而路燈醒著
泥土睡了而樹根醒著

鳥雀睡了而翅膀醒著
寺廟睡了而鐘聲醒著
山河睡了而風景醒著
春天睡了而種籽醒著
肢體睡了而血液醒著
書籍睡了而詩句醒著
歷史睡了而時間醒著
世界睡了而你我醒著
雪落無聲

但如果交給我今天來寫，我會把每句裡相對的兩個名詞相置換，寫一首「風景睡了而山河醒著／時間睡了而歷史醒著」的詩，這就是我們這時代的狀況，我們忠於我們的痛苦，而洛夫忠於洛夫的痛苦，詩人睡了，而隱喻醒著。

劉霞：獨立的詩，獨立的女性

天安門母親不只是因為她們的兒女才偉大，她們本身就是勇士，因為她們鍥而不捨地追問真相還原歷史的堅毅，和她們的孩子當年一刻對民主自由的追求是同等的，活下去並且記住，甚至比死去更艱難。

劉霞同理。她不只是因為承擔了劉曉波妻子必須承擔的命運而偉大，她自己的寫作所承擔的不亞於劉曉波以言行承擔的重量，而她在家軟禁裡隻身與文字的沉默搏鬥，和在獄中與政治的喧囂搏鬥相比，並不容易多少。

台灣出版了劉霞的詩集，令我對她近十多年的心路有了更多的了解。無論從內容到裝幀，這都是一本很好的詩集，但它的封底卻讓人無語——上面羅列了廖亦武的話：「這種女人適合與猛虎為伴。這種女人適合與孤客為伴。」以及編者貝嶺與兩位瑞典文學院專家「說的」話：「早在一九九八年，劉霞就曾以痛徹骨髓的詩句隱喻著前往東北大連探望再次入獄的劉曉波的經歷……」——非要用四個男人的話去肯定她嗎？非要強調她的「為伴」嗎？她理所當然是獨立的。雖然廖亦武的話是出自欣賞，但「這種」、「適合」這些詞，也容易聯想為一個男人對女性的品鑑目光。

至於印在腰封上的這句詩「駛向集中營的那列火車／嗚咽地輾過我的身體／我卻拉不住你的手」，則被暗示成是劉霞寫給劉曉波的，但看內文才知道是她寫給一個被納粹迫害的女畫家夏洛特·薩洛蒙，其中帶有的是兩個孤獨而有才華的女性之間的惺惺相惜，就跟劉霞大量的寫給法國小說家杜拉斯的詩一樣。

也許不是為了詩集的營銷，是因為編者和廖亦武那一代中國男性作家對女性獨立性的潛意識忽視，就像上一首詩他即使明知是女性寫給女性的輓歌，仍禁不住想像是女性對受難的丈夫哀憐的隱喻。而實際上劉霞早在一九八四年開始寫詩，一九八六年已經是相當成熟的詩人，她的詩一直流露出女性對孤獨、支離和死亡的敏感，而日後她遭遇的半軟禁和軟禁進一步加強了這些意識，但一個男性的、政治先決的讀者只會把這意識讀解為一種「失伴」的失落。

劉霞的獨立成就了她的詩，詩也同時支持她的獨立。即使是在她早期名作〈一九八九年六月二日——給曉波〉這首直接與八九學運和劉曉波有關的詩裡，她也呈現出在當年氾濫的政治詩裡極其難得的對「神話」的警惕和距離。後來日益深入孤獨的處境讓她的獨立變得越來越決絕和執拗，正如詩集裡最後一首詩〈無題〉所寫「你根本不會畫鳥吧？／是的我不會／你是棵又老又笨的樹／我是」這樣斷然否定虛假的希望、僅僅忠實於自己的堅守，這種識見，還真是容易頭腦發熱的男詩人所難有的。

所以這首詩在劉霞的手稿裡不是沒有題目的，題目就叫做〈站立〉，有了對屹立與獨立的確認，才可能談接下來的自由。這樣的詩與女性，沒有被別的光芒遮蔽的理由。

重聽香港的雷聲與蟬鳴

離港前夕，重讀了梁秉鈞先生的第一本詩集《雷聲與蟬鳴》，那也是香港新詩史上最重要的詩集之一，香港身分在文學中建構起來的關鍵作品。我重讀了兩遍，一是一九七八年香港版本，一是今年在大陸出版的簡體版。

意外的是大陸版沒有任何刪節，甚至還增加了放在全書第一首的〈樹之槍支〉，寫於一九六四年詩人十五歲時。這首詩是我在一本詩選看到，於是在二〇〇九年和梁秉鈞先生的一次對談中向他再度提及，他笑說自己已經忘記寫過這麼尖銳的一首少作。如今重看，雖然帶有瘂弦的影響，仍為我最喜歡的一首：

……這是佩槍的白楊

這是佩槍的基督
聲響在冷風與熱風之間
而鼴鼠的憤怒卻不知放在哪裡
……
就這樣子的憤怒下去吧
不管施棲佛斯的大石頭
不管存在和不存在
就這樣子的憤怒下去

所謂「少年心事當拿雲」，那時候的梁秉鈞是一往無前，準備要為香港文學開一個新天地的。集中「突發性演出」那一輯展現了更豐富的實驗性質，荒誕派戲劇、殘酷戲劇、法國新小說、零度敘事等都靈活地轉換成詩歌元素，早在六、七〇年代之交的香港。直到二十年後，大陸的非非主義詩人才有類似的「冷風景」式寫作。

《雷聲與蟬鳴》在一九七八年的香港詩壇橫空出世，最與眾不同的、甚至直到今天依然使它穎異的，是它的口語化、在日常生活的瑣碎表面遊走的自由感、還有對抒情的迴避。前兩者直接與其同時代的美國後垮掉派和紐約派這兩個難以籠統歸類入後現代文學的詩風相應和，對個人強烈感情的迴避則遠肇於艾略特《傳統與個人才能》，但一直在華語現代詩中罕見。

「香港」一輯詩現在成為香港文學教學的範本，其原因除了表面上這是一種「地志書寫」，實際上它反對在詩中對歷史、文化旅遊意義上的地標的樹立，只返歸於平凡的地本身，毋寧說它因此觸及了香港本質的魅力：這個城市裡大多數的事物都是「接地氣」的，抵抗著旅遊局把它標本化的歪曲。

換句話說，梁秉鈞寫出了較民主的詩——相對於現代主義的精英式甚至貴族式書寫（抒情主體高蹈於世俗之上），這種詩歌的遠祖是惠特曼，然後由威廉斯．卡洛斯．威廉斯推到日常物身上。

但無論如何實驗，梁秉鈞的詩始終是說人間話的詩，正如他在晚年作品〈砌石塔〉裡再次宣示的「語言總是把事情混淆／詩就該是無言？／該珍惜／不亂砌成無聊的玩意」。敘事、劇場詩的實驗與平實口語之間形成的平衡，造就了梁秉鈞所獨步的城市詩——中國長久以來缺乏真正意義的城市文學，尤其在上個世紀下半葉，只有香港作家寫作真正的城市文學，梁秉鈞／也斯是其中最自覺的佼佼者。

在「香港」這一輯裡，我們可以看到年輕的梁秉鈞的詩已經很成熟，善於調度極其細微的判斷暗示，維持克制的情緒。如寫殖民地之無根的〈華爾登酒店〉，刺而不怨；又如寫死亡的〈五月廿八日在柴灣墳場〉、寫理想之沒落的〈新浦崗的雨天〉，哀而不傷。但無論多克制，象徵（興）還是呼之欲出，一如《雷聲與蟬鳴》的標題已經是態度：面對城市、時代的動蕩不表露好惡，但已經有了選擇，他說：「雷聲使人醒來……蟬鳴仍是不絕的堅持」。

在晚年編訂的《梁秉鈞五十年詩選》（台灣台大出版中心，二〇一四）中，《雷聲與蟬鳴》一詩被列入「頌詩」一輯的開篇，關於頌詩，梁秉鈞說過：「頌是對當世素質的肯定，以及廣為傳揚的公眾性質。」

《雷聲與蟬鳴》中有相當驚心動魄的時代隱喻之詩，如其最有名的詩作〈北角汽車渡海碼頭〉，也有袒露心跡與掙扎之詩〈中午在鰂魚涌〉，但更多的是頌詩，是一種不卑不亢的對城市、對當代社會生活的肯定，呈現的是詩人與世界之平等，而不是鬥爭或者臣服。梁秉鈞的詩超然其外，反入世界其中，與自身的、城市的命運相濡以沫、噓寒問暖。

最後要談一談這本詩集的不足。從「香港」這一輯開始直到其後的各種「遊詩」，梁秉鈞開創了一種所見即所得、描述而不動聲色的平淡自然之詩，與攝影、紀錄片相似的對現世的忠實，是一種後現代文學中的新現實主義，把班雅明的都市漫遊者的自由發揮得淋漓，是其利；而囉嗦不變的語氣、被瑣碎細節羈絆、過於克制表達感受而竟有鄉愿之感，是其弊，詩如果完全摒除了對未知、無形世界的想像，僅剩下忠厚老實的當下，也是無趣的吧。

不過對於我，《雷聲與蟬鳴》與詩人前輩梁秉鈞的意義已不在於這些形式了，在今天的香港，雷聲與蟬鳴兩者都那麼重要，只要不沉默噤聲。

一九八四年的香港詩歌

很多香港人記得，一九八四年的十二月十九日，經過多年談判，多次峰迴路轉，中英兩國簽署了一份影響香港未來全部命運的聯合聲明。英國人日後回憶說，他們以為要準備厚厚的一部卷宗，沒想到中方需要的只是兩張Ａ４紙。但這兩張Ａ４紙意味深長，是一份莊重的承諾，雖然沒有香港人的參與，卻與當時北京的保證一起贏得了大部分香港人的認同，在一定時期內建立起了香港人對未來的信心。

在這一天之前香港人的疑慮，起自一九七二年，中國駐聯合國代表黃華成功爭取聯合國大會通過了決議案，將香港和澳門於殖民地名單剔除，此舉為中國取回香港與澳門的主權制造了決定性條件，此後英國只得主動向中國商洽香港問題，開啟長達二十多年的博弈，直到一九九七。

在一九八四年之前，香港人只能臆測自己的未來。他們並不是不想參與，官方記錄最動人的訴求叫做「羅保動議」——一九八四年三月十四日，葡萄牙裔香港人、立法局議員羅保在立法局會議提出動議：「在任何關係到香港未來的事務未有共識前，這個議會應該被視為討論的地方。雖然討論後的結果未必會落實，但這才是香港人真正意願和聲音。」這個動議很理想主義，僅僅存留於史冊。

至於民間的聲音，此起彼伏，但大多流於口號。例外處出於文學，詩者史也，這是中國詩歌的傳統，我尋找民間話語的凝聚表現，就在香港新詩裡找到。那時同在香港的詩人余光中（從臺灣過來、任教香港中文大學，長時間居留香港）、也斯和西西等分別寫出了立場有微妙差異的詩。從中也可以看出，香港的平民並非像某些偏見人士誣蔑的那樣是「殖民地不爭取民主的順民」，而是對現狀和未來自有一番獨立的質疑方式。

作為香港詩歌史開拓性的重要詩人，梁秉鈞（筆名：也斯）亦是最敏感於香港人未來的冷靜觀察者。香港詩風的靜觀傳統，早在一九六〇年代末七〇年代初就由他的處女作詩集《雷聲與蟬鳴》奠定，他受美國紐約派詩歌影響，用口語書寫當下事物，又秉持漢詩微言大義傳統，含蓄蘊藉。在一九七四年，《中英聯合聲明》簽署十年前，他就寫下了香港第一首隱喻此城未知未來的詩：

〈北角汽車渡海碼頭〉

寒意深入我們的骨骼
整天在多塵的路上
推開奔馳的窗
只見城市的萬木無聲
一個下午做許多徒勞的差使
在柏油的街道找尋泥土

他的眼睛黑如煤屑
沉默在靜靜吐煙
對岸輪胎廠的火災
冒出漫天裊裊

眾人的煩躁化為黑雲
情感節省電力
我們歌唱的白日將一一熄去
親近海的肌膚
油汙上有彩虹
高樓投影在上面
巍峨晃蕩不定

沿碎玻璃的痕跡
走一段冷陽的路來到這裡
路牌指向鏽色的空酒罐
只有煙和焦膠的氣味
看不見熊熊的火
逼窄的天橋的庇蔭下

來自各方的車子在這裡待渡

從寒意、無聲，到沉默、煩躁，這暴風雨前夕的壓抑歷歷在目。但是油汙中能看出彩虹，巍峨高樓又偏偏晃蕩不定，香港摩登美學的矛盾性不只是審美，也是彼時香港人複雜心性的隱喻：在悲觀中保持遐想，戮力向上但又不知根系。

迎接這樣悲情族群的是種種碎片：玻璃、鏽酒罐、煙和焦膠，熊熊烈火只能暗燒於猶如羅保動議那樣的申命之中，也僅僅是申命而已。於是一個面朝維多利亞港的碼頭成為完美象徵：我們只能待渡，不能問渡輪將把我們帶到何處。

不到十年後的一九八三年，其時已經儼然港台現代詩祭酒的余光中，在香港中文大學傳道授徒之餘，也敏感地意識到一個時代的大變局橫亙在香港人面前，雖然他只是臨時的香港人，但詩人注定不會是過客。有趣的是余光中和梁秉鈞所選擇的「客觀對應物」都是交通，梁秉鈞寫汽車在碼頭待渡，余光中則從自己駕車穿越隧道中驚覺未來如隧道出口，未必是你所熟悉的風景在等待：

〈過獅子山隧道〉

不過是一枚小鎳幣罷了
就算用拇指和食指
緊緊地把它捏住
也不能保證明天
不會變得更單薄
但至少今天還可以
一手遮出了車窗
向鎮關的獅子買路
鎳幣那上面，你看
也有匹儼然的獅子
控球又戴冕的雄姿
已不像一百多年前
在石頭城外一聲吼

那樣令人發抖了
而另外的一面，十四年後
金冠束髮的高貴側影
要換成怎樣的臉型？
依舊是半別著臉呢還是
轉頭來正視著人民？
時光隧道的幽祕
伸過去，伸過去
——向一九九七
迎面而來的默默車燈啊
那一頭，是什麼景色？

詩並不晦澀，至於硬幣上女皇頭的描寫，熟悉香港流行音樂的人馬上會聯想林夕的名作〈皇后大道東〉：「有個貴族朋友在硬幣背後／青春不變名字叫做皇后……到了那日同慶個個要鼓掌／硬幣上那尊容變烈士銅像」，後者是九七前夕對香港統治者最辛辣的諷刺，也是對未來最刻薄的預言。而無論林夕還是余光中，讀者可以看出的是，那時的香港文化界對英國殖民者並無好感，余光中甚至直斥其不正視人民訴求——這點也正好回答了今天非難香港人在殖民時代不抗爭的那些意淫。

最晦澀的詩歌隱喻來自小說家西西，她同樣寫於一九八三年的〈一枚鮮黃色的亮麗菌〉至今未有定解，裡面涉及的不只是香港的未來，還有中國現代史和世界毀滅史，「亮麗菌」可正可邪，詩人並未明確表態，實際上這也是西西一貫對未來的態度，她並不預設立場，而是承認未來的矛盾然後勇而擁抱之：

〈一枚鮮黃色的亮麗菌〉

且在這裡陳述陳述
一枚鮮黃色亮麗菌的近事
竟有這樣子的一個春天
雨啊雨啊
恰恰是下在港島

恰恰是一九八四年
雨啊雨啊
一枚鮮黃色的亮麗菌
自肥土鎮史冊的封面
破書脊而出

這正是馬孔多的傳說揚散的季節
魔幻或是寫實
任憑你詮釋
不過馬孔多
肥土鎮的市民說
馬孔多甚麼都不是
只是雨

這樣子的春天

是怎樣的春天啊
前輩們的骨節痛
他們那些沒見過胡同
與運動的兒子們
繼續咕噥，難道
仍披一件風衣出外緩步跑嗎

疫症
隱潛在雲層的峽谷
密雲密雲
驟雨驟雨
恰恰是下在廣島
恰恰是一九四八年
雨啊雨啊
點點滴滴地溶蝕

黑雨的後事如何
二十年後分曉

那樣子一枚
亮麗無比的閃光菌
前輩們剛說著
鮮麗的菌都是毒菌呢
雨就落下來了
綿延的雨
落在前輩們
還沒有乾透的懷鄉網上
落在他們那些沒見過
刺槍與炸彈的兒子們
二十磅重的背囊上

整個冬天

只有前輩們
才記得古詩人的句子
甚麼的季節來了
甚麼的季節還會遠嗎
以及不知道雪將怎樣
知更鳥和狗子們
以後將怎樣，以後
不知道前輩們那些
沒見過皇帝
與革命的兒子們
二十年後，將怎樣

春風輕輕吹
吹到草叢裡

草兒欣欣都長起
甲子年揮春上的行草
是禍還是福呢
奇詭的春天
那麼鮮黃色的亮麗菌
雨啊雨啊
我可不是在這裡講故事

可以與馬奎斯的馬康多百年孤寂媲美的，只有我城「我國」的複雜故事，可是「沒見過胡同與運動」的香港新一代能理解嗎？「沒見過皇帝與革命」的中國新一代尚且不能理解一九四八的慘烈，所以才有二十年後一九六八的荒誕——西西的洞悉帶來超越禍福的坦然，縱使她已經預言未來的奇詭。

一九八一年，有一首民謠成為日後香港傳唱不已的經典，它發展了梁秉鈞碼頭的待渡，那就是馮德基為民歌手李炳文所作的〈昨夜的渡輪上〉。

夜渡欄河再倚
北風我迎頭再遇
動蕩如這海
城在兩岸凝神對視

霓虹伴著舞姿
當酒醉如同不知
日後望這方
醉中一切無從找住

渡輪上
懷念你說生如戰士
披戰衣
滿載清醒再次開始

莫問豪情似痴
今天醉倒狂笑易
夜盡露曙光
甦醒何妨重頭開始

「城在兩岸凝神對視」，這是香港的淡定，從一八四二年到一九九七年，香港多少風波經過，要走的走了，要留的留下來，只有此城依舊。這和另一個深情的過客羅大佑〈東方之珠〉「每一顆淚珠彷彿都說出你的尊嚴」同樣堅毅，而更加豁達。正是這種淡定讓渡輪上的人選擇如戰士再次、再次、再次開始，面對一九八四、一九九七、二〇〇三以及此後更多更漫長的日與夜。

羅貴祥詩中的家與國

一九八三年，《中英聯合聲明》簽訂的前一年，好幾位香港詩人寫下敏感的詩篇。除了余光中的〈過獅子山隧道〉、西西的〈一枚鮮黃色的亮麗菌〉這兩首名作，還有更年輕的詩人的更尖銳作品，比如當時尚是少年詩人的羅貴祥，他的一首張狂的〈晚進酒〉上承李白〈將進酒〉的彷徨，帶出的卻是新一代香港人對不屬於自己的未來的強烈質疑和反叛，今天二〇一八年重讀，意味深長。

〈晚進酒〉最有意義的句子是：「有誰想到，一覺十四年，揑碎酒杯之後，手掌中心的一灘血緣／反漲溺你滿腹的希望」。這也是一個馬奎斯《百年孤寂》開頭（「許多年後，奧雷里亞諾．波恩地亞上校在面對執行槍決的部隊那一刻，憶起了父親帶他見識冰塊的那個遙遠午後」）那樣的時間折疊的句子，「一九九七」慢慢成為了一個重疊了過去時與將來時的時間，它在一九八三年早已埋藏，直到十四年後一個暴力的行為（捏碎酒杯）後你才意識到它的存在。而且被強調的血緣，同時也是傷口——這一種對國族關係的反思，從此一直在羅貴祥的詩中盤旋，且有異於他的前輩崑南、蔡炎培和梁秉鈞的反思。

至於結尾的酒後「吐成一匕首，等待割破一旗紅紅的黎明」，與北島〈宣告〉的名句「從星星的彈孔裡／將流出血紅的黎明」對比共讀，方知詩人的反叛是何等孤傲不馴。有意思的是，〈宣告〉寫的是共和國的叛逆者、質疑出身論而被殺的青年哲人遇羅克，但使用的意象依舊延續共和國敘事的對比法（彈孔與血、星星與黎明，這些帶有革命文學隱喻的典型）；而〈晚進酒〉是對自身的期許，更接近梁秉鈞的少年之作〈樹之槍支〉。但像「牛飲茅台以外／高粱以外的新釀」這種以食物的選擇建構香港特殊身分的隱喻，甚至早於梁秉鈞的許多食物隱喻詩。

詩人羅貴祥那時候的身影是俊逸的，他選擇冷兵器（匕首）、舊歌行，去前瞻不安的未來，大有獨立遊俠的作風，他日後與詩壇的若即若離也如此。因此，每當我想看看不那麼香港的香港本土詩歌的時候，我常常想到的就是羅貴祥和游靜這兩個詩壇的「局外人」。

〈晚進酒〉裡埋下的香港與中國、中華之間的矛盾糾纏關係，是他那一代知識分子無法繞過的（至於今天的香港年輕作家，固然可以在文本上漠視「中國」，但社會身分上卻糾纏更深）。相對於〈晚進酒〉的俠氣，同樣寫於一九八三年的〈往廣州路上〉內裡的況味更為苦澀，雖然文字呈現更淡。詩裡寫到車窗外的中國，和車窗裡的「香港人」，視角在最後三句陡然顛倒，「玻璃外的世界正猜想／輪子，車廂和我／運回去以後將怎樣」，原來不只是坐車北上的香港少年在揣摩巨變中的中國，中國也在想像這個被「祖國洗禮」過之後的香港人回去將如何？詩人沒有作出回答，詩敞開著，答案在未來將蜂擁狂亂。

平民上廣州，「有抱負者」上北京，另一首一九八四年所寫〈宴客的傳統——聞學生會會長上京吃飯〉諷刺辛辣，也是那「認祖關社」一代難得的清醒，這清醒和羅貴祥的叛逆性格不無關係。據查，一九八四年的港人學生會會長乃是馮煒光（此人三十年後擔當什麼角色大家都知），率領學生會力挺香港回歸，獲趙紫陽回信，當年十月受邀北上參與閱兵。羅貴祥以愛國人士之矛攻其之盾，直接借來毛澤東「革命不是請客吃飯」來一一解構本質上是「北上吃飯」配合統戰的所謂愛國學生的行徑，煞是過癮。

這種借家中最平凡之事（吃飯）來處理那些巨大問題（愛國、回歸）的方式，非常頑皮，非常羅貴祥。跨越二十年後的二十一世紀初，羅貴祥回到香港當下日常時想起的中國，亦一一與衣食住行的種種最瑣碎最不「詩意」的行為相關，好比給了那些高大上且悲壯的家國寄懷者一個鬼臉，也是以具體的「家事」顛覆「國事」。

幽默有時是消解極權的唯一武器，米蘭昆德拉多次用小說論證過。〈商場買褲〉、〈老餅義魚〉、〈正午中國最短的影〉、〈每天剃鬍子的男子〉等，裡面都輾轉著一位香港男子，他無時無刻不被祖國「惦念」著，又奢想能顛覆之或者利用之，他既是羅貴祥本人又不是，一個精明港人的形象呼之欲出。那時的詩人假裝著嬉戲搗亂一番，又常常落得尷尬與困惑，這也是關於那一代香港人表面成功實際敗壞的一面風月寶鑑。

與此平行的直接寫家之糾纏的詩篇，雖不提國，但國的陰影無處不在。像〈父權的比喻〉、〈阿爸暗器〉、〈跟我親嘴的父親〉那一系列，一首比一首驚心動魄，從禁忌的亂倫暗示到微型宮鬥實驗電影到最後簡潔的噩夢——「跟我親嘴的父親」這一意象，讓我想到卡夫卡的短篇小說《判決》（不是長篇《訴訟／審判》）裡一個驚人的細節：被兒子抱著下樓的父親，一邊憤怒地譴責兒子的私事，一邊像嬰兒一樣玩弄著兒子身上的鈕扣。

這就是香港的難堪，常常以父親面孔出現的「祖國」，最可怕的還不是其威嚴，而是其褻玩。

來到最近幾年，尤其是「雨傘後」，羅貴祥的詩中寄託越深。有兩首詩特別觸動了我，一首是寫於二〇一五年復活節／清明節之間的〈同行喇嘛島〉，喇嘛島即南丫島，在兩個信仰交疊的日子，香港人和自由行旅客並非為信仰而奔走，但穿過雜沓的「大千」，詩人悠然見到新的信仰在滋長：

漸暗的碼頭下晝
少數人還堅持
撐傘
是一念繫著
浪濤激盪的彼岸？

這裡有羅貴祥詩罕見的直率表白。另一首寫於二〇一七年的〈穿牆垣蔓〉也許不能有這麼強的決心了，就和今天的我們一樣，對我城的崩壞只能投以一種寓言裡的決絕，自決、或者自救而已。「哪管風信雞信不信／唯一依憑只剩下氣流了」；「似有人在白色的河中向岸泅泳／隙縫中的植物靠往尚有餘溫的磚頭／隨風　也不逍遙轉向／沒有恨意的凝視一切」這樣一種末世啟示錄方式，用文字對抗著「沉降每年二點二毫米／土地無助侵噬環抱／朝下挺進的摩天樓像深海的錨」也許無效。但最後出現了「寸土」二字，讓人想到「守護我城，寸土不讓」的青年口號，雖然詩人略有悲觀說「都彷若命定／方向未知何如」。

國，漸漸消失，家也漸漸崩壞，一個詩人能做的，也只是選擇不合作。一如〈每夜減損一些沒必要〉裡面呈現的一種貌似虛無主義的「斷捨離」：

關閉手機、電玩、平板照明而不恃
失重、失語、失眠於抹角拐彎的臉書、微信、WhatsApp之沒必要
終於單純若人間的貪嗔痴竟又自去了
即使飄然出世之沒必要
都市蜃樓浮動着千色帳篷

占據街頭十字之沒必要

你道詩人真的如此絕望犬儒了嗎？最後他說：

唯有入夜聲息不動
心的冬眠等待
下一座冰山飄至
下一次雪雨之沒必要

其中搶眼的不是已經重複出現多次的「沒必要」（是的，暗暗與瘂弦〈如歌之行板〉裡的「之必要」相互文、相調侃），反而是「唯有」和「等待」二詞，表現出的那一種不甘心。這是詩的特殊修辭，藉由不斷的否定帶出在「不必要」前面的事物，使所有不必要的事物反而「在場」，最後重構這個不必要的時代、不必要的家國裡，唯一必要的一首詩。

東西南北人、生死愛欲雪

——談邱剛健的詩

他回頭，想繞過自己
走入東西南北的胡同

正如他詩中隱喻，邱剛健生於福建，長於台灣，作為編劇成名於香港，中年移居紐約，晚年卒於北京，身分的歸屬並不分明——也許他只屬於他所鍾情的豪放盛唐和縱欲晚明。但作為詩人，他的轉折點是香港，也只有六、七〇年代的香港會寬容甚至成就他那些驚世駭俗的詩。然後，他散開成四面八方，其詩日益恣意洋溢，難以囊括。

邱剛健也是那一個時期漢語詩人的最大遺珠。他的一生太傳奇，沒想到死後繼續傳奇——他在二〇一三年去世，生前出版的兩本詩集卻在死後才陸續來到現代詩愛讀者的眼前：一本是薄薄的《再淫蕩出發的時候》，一本是厚厚的《亡妻，Z，和雜念》，兩本都是穎異於主流詩壇的驚豔之作。就憑這兩本詩集，導演邱剛健足以為自己的詩人身分正名。

但事實上，邱剛健作為詩人一出道就是驚豔的，即使在充滿實驗精神的六、七〇年代香港文化界，他也是最前衛的衝浪者。我較早知道他寫詩，因為曾在六、七〇年代的一些舊文藝雜誌上看到他的詩和翻譯，尤其有一首〈早上〉，開頭是「邱剛健先生早上起來刷牙……」，結尾是「新聞照片：泥巴地上一個美國兵的頭／標題：血到哪裡去了」日常意象與新聞的非常意象結合在一起，中間以麥克白夫人洗手典故一般的意象連結「他轉開水龍頭／水都是紅的」，暗示了戰爭和人人相關，使我留下深刻印象。

直到看到兩本詩集合輯收錄了二十四首他早期詩作的《美與狂》，我才知道電影人邱剛健不是玩票寫詩，他的詩常常深入挖掘同一意象、主題，這是一個成熟自覺的詩人之所為。死亡、情欲兩大主題在他的電影早就多次觸及，改用詩的文字處理，看似可再拍成電影，但裡面又多是電影無法處理的東西，這點區別，是詩人獨立的關鍵。

在早期詩作裡，死亡迷戀並沒有這麼赤裸裸，而是披著宗教的外衣出現。一九六六年在台北「現代詩展」場刊中，邱剛健自詡「我是中國第一個宗教詩人」，此語不確，在新詩中，廢名的佛教色彩甚濃，七月派的阿壠是最有基督教意識的，穆旦也頗受基督教的影響。

我們讀了邱剛健的詩，倒是可以修正為：他是中國第一個異端宗教詩人。他的基督教典故總是被「故事新編」，改頭換面成為情欲的辨證追問，這一方面有同代西方作家和電影的影響（比如說卡山札基《基督的最後誘惑》和帕索里尼《馬太福音》），另一方面可以看出年輕的邱剛健因為耽於美和欲，誤入了早期基督教神祕主義的奇景，某些後來被視為異端的神祕主義者，一度認為悖德縱欲是接近天主的一道便門——這和藏傳佛教寧瑪派對雙修的重視相若。

也即是說，無論那時的邱剛健多麼挑釁經典、多麼淫語瀆神，他的目的卻是虔誠苦修，這種矛盾構成了邱剛健詩的基本魅力，在其晚年的情欲詩中得到更深刻的變奏。

二十四首早期詩裡，從宗教到情欲的過度，是政治。我年輕時看過印象深刻的〈槍斃〉和〈靜立一分鐘〉，出自七〇年代香港最前衛雜誌《七十年代》雙週刊，前者驚心動魄，讓人想到所有白色或者赤色恐怖的受害者，他們在死亡一刻變成了我們身邊的日常；後者之憤世不只指向權力，甚至指向自身所屬「愛入肉屄的青年人」，當同為青年的韓國人因為爭取言論自由而倒下，你選擇「靜」和「立」也是一種抗議嗎？還是你僅僅抽出了你勃起「靜立」的雞巴？對「和平與愛」的反省在那個年代罕見如此犀利的，更何況來自一個張揚欲望的詩人。

因此，我看到了邱剛健的另一個矛盾，他的情欲絕非情欲那麼簡單，一樣是帶有原罪、懺悔色彩的苦修。

其實邱剛健的詩很冷、越來越冷，不像電影中的他那麼豔麗火辣。如果說他的電影像鈴木清順❸，他的詩更像寺山修司❹，他有後者的痛苦與自我折磨在。尤其年紀漸老，他的欲望依然洋洋灑灑鋪陳在詩中，然而那是雪一樣的洋洋灑灑（他有一詞絕佳：「豔雪」），每一片都攜帶著死亡的幻影。

當然，其背景是盛大的、越來越錐心入骨的「中國」的哭聲，以歷史、以地誌、以傳奇，種種方式給邱剛健叫魂。《亡妻，Z，和雜念》裡居多，寫女性宿命的〈迎兒小女（十九歲，未嫁）〉，寫緣分絕望的〈西湖春夢〉、〈夜課〉系列等等，甚至寫歷史慘酷的〈霧日到嶽麓書院看愛晚亭和毛澤東的題匾〉，都是非常「古典中國」的，這需另寫一文再述了。

至於書寫現在之人，我特別喜歡他晚年的一首詩〈公寓〉，其畫面感像希區考克電影《驚魂記》，又像庫柏力克的《放大》，還像《後窗》，而又有超越這些電影之處，可堪細讀。你可以想像他一邊窺視鄰居窗戶一邊寫詩，最後的反思如此驚人：「這是一間我還沒有死過的公寓……」這存在主義的深度極深——他幻想如果我不是我，我是另一個人的話我會否死於那裡？對於電影人來說，這想像還合理，但下一句更令人震驚：「一隻我還沒有死過的喜鵲」！

是否我有可能是另一個生命？若是，前面那個生命所做過的事情就會代入詩人自身讓人重省，尤其那一句：「連他的影子都不肯讓他進去的樹葉」這裡顯示的隔絕：對於喜鵲來說，樹葉／窗戶就是另一個世界，就像喜鵲的世界對於詩人邱剛健來說一樣，它的認知到樹葉為止而理解不了窗戶。裡面有那種人不能體驗更多生命

❸ 鈴木清順，1923-2017，本名鈴木清太郎，日本當代電影導演、演員，日本新浪潮的代表人物之一。

❹ 寺山修司，1935-1983，日本的劇作家、歌人、詩人、作家、電影導演、賽馬評論家，他在各種領域中皆有活躍的表現。

經驗的遺憾，也有對無常的感慨：你不知道你的死亡在何時何地發生、如何發生。

這首詩還可以與他另一首〈以前的一位朋友現在變成植物人了〉連結閱讀，更能窺見詩人晚年的死亡反思，已經不再是青年時期的耽溺淒美的方式了。朋友憤世嫉俗，年輕時視眾生為石頭下的蟲子，邱剛健比他世故也認命，始終同意自己就是那蟲子之一。悲哀的就是這位當年如此不可一世恃才傲物的，現在變成植物人、連掀開被單的力氣都沒有——那麼我們所有的雄辯、形而上的思辨為何呢？他到底有沒有掀開過這塊石頭？

但標題卻帶出另一想法：你要做思考過的照到過陽光的植物，還是不思考只蠕動的蟲子？兩種命運，眾生與這位朋友，誰的更好也並不一定。而曾經掀開過石頭的話，現在掀不開床單也無所謂——與其死於石頭下，不如曾經窺見燦爛。邱剛健短短數行詩中，對生命意義的逼問如此複雜。

同樣道理看詩集《再淫蕩出發的時候》，便可以理解他通過死亡和情欲、電影與詩，尋找再度出發、超越自己的方式。我嘗集其詩句稍加改動成為一首〈邱剛健，或我〉：

這座島嶼與那座島嶼
繞過自己卻依然是東西南北人

我將趕往明年的雪，是晚唐的嗎
原來機心都體現在亂筆。

這四句我感覺包含了邱剛健的四重主題：流離、放佚、通古與修煉。但都不可作理性論，只能讀其詩入其傷口中與之同參。至於為什麼說「或我」呢？因為我在離亂之中重看邱詩，恍惚窺見自己的另一生。

不是詩，是什麼？

詩言志，發憤而抒情。這些年，欣見台灣和香港的漢語詩歌都呈現出這種尋回詩歌根本的路向，而且更有意義的，不同的詩人都在摸索不同的行走策略／語言，於是乎，詩可以狂，可以怒，可以嬉，可以酷，可以裸，可以隱。

有趣的是，社會現實壓力最大的中國，詩人們倒大多選擇迴避，或曰：警惕。警惕直抒其志（當然有的是無志可抒），警惕淪為意識形態或者實際權力的宣傳工具（這真有可能）。有一個奇怪的案例是，詩人蕭開愚寫了一首關注現實政治的詩，它卻被詩人命名為〈不是詩〉，詩人也許為了避嫌，主動否定自己的詩，但也許是為了挑釁，指陳它不是傳統意義上的詩。

不是詩，是什麼？是怪獸，滿載生命力的怪獸。這首詩在蕭開愚的後期詩作中非常罕見，他之後也沒寫這種直接撞擊世界、也撞擊我們對現代詩的定見的詩。不過，與此同時，我讀到鴻鴻在二十一世紀的新作，異於他從前《在一次旅行中回憶上一次旅行》的，一群怪獸跑將出來，它們說：我們不是詩，世界上有比詩更重要的事情。然而正因為對「詩」的放棄、出離甚至超拔，它們成了全新的詩——新詩、反詩、反反詩。

從《土製炸彈》到《仁愛路犁田》，到現在這本《暴民之歌》，鴻鴻不斷挑戰著詩的介入程度，與一切反詩的元素短兵相接、或者水乳相交，險象環生。這反詩的元素出現在自身時，它們成了一種強悍的疫苗，抵擋這外界那些真正反詩、反人類的事物。

這樣與街頭運動短兵相接的詩，楊牧那一代也有當時算出格的嘗試，但那時候的運動與現在的運動還是不一樣，現在的運動更汗水淋漓地滲進我們生活：飲食男女、一呼一吸的每一個角落，我們的詩句勢必變得分散，而不是楊牧式的凝聚，而分散，是游擊的前提。

是的，游擊，我看到切·格瓦拉那些有力的書信，看到馬訶士那些不服輸的童話，在鴻鴻的詩歌行為中閃現。游擊隊是弱者，又是智者、勇者。我看到鴻鴻寫在街頭、抗爭現場的那些詩短促如口號，從詩的角度看來並不飽滿和磅　，但它們如〈游擊隊之歌〉所唱的「啊游擊隊啊，快帶我走吧」，是帶領其他人走進抗爭現場、走回抗爭記憶的引子，你可以接著寫自己的詩。同時，這些詩也是鴻鴻其他詩的引子，其他那些屬於自己的詩也一點點滲進「雜質」，「雜質」，向來能鍛鍊一個消化力強悍的詩歌的胃。

鴻鴻最大的勇敢，是放棄了詩人對詩的理所當然的所有權，他交出詩，而且並不試圖交換什麼。然而我們不用擔心，詩自然會回來送贈我們意想不到的禮物，一個詩人全身都是敏感帶，當你關閉某些習慣的詩歌思維定式，反而有別的歧路在你腦中打開等你。所以即使在鴻鴻書寫反核、圖博和維吾爾困境等激烈議題的時候，仍然有單獨屬於詩的幽默和狡黠靈光乍現般出來，把詩作為游擊戰戰鬥單位的地盤一圈圈如漣漪擴大著、轉移著，這就是詩的神奇之處。

今年春天在有河book鴻鴻與我對談如此時代如何詩，謹慎如我者笑言讀他這一批詩常常有提心吊膽之感，因為我身上那個「熟練」詩人常常出來提醒我這裡出格那裡過火了；然而鴻鴻就像一個初生的新詩人告訴我他毫不介意詩不詩的問題，他甚至不去修改他在街頭創作的即興口占，讓它們徹底屬於、回歸它們所誕生於的某個時刻、某個「情境」——這固然可以召喚居伊・德波之幽靈或者阿甘本等等哲人旁觀審視裡面的革命行為深意。然而，新的詩，就是不旁觀、不抽離、反對過度闡釋。

現在我想說，這難道不也是這個時代的神奇之處，生養出如此的詩。

詩不只是安慰，也可以挑釁

近來大陸各種微信讀詩公號的活躍、電視詩歌節目的走紅，兩者應該有點關係。前者側重於現代詩，傾向於在深夜用深情文字讓大家抱團取暖，實際上是古代「詩可以群」這功用的時尚化；後者偏於古典，且和教育相關，似是為儒家的詩教傳統招魂。詩教者，「不學詩無以言」這句話賦予了《詩經》在後世儒家功利主義的權威地位，而「詩三百思無邪」這句話則似乎標榜了它的道德高度。

以上都是在強調詩的「有用」，和公眾以前輕蔑詩的「無用」，其實是一樣的一廂情願。詩固然可以兼職教化、承載道德，但它本身是非功利的——文，本來是形式，「紋」之意，「言之無文行而不遠」強調的是形式之美幫助了內容傳播，而不是相反。

對於真正的詩，道德更是可笑的東西，我們現在都知道《詩經》裡面那些男女歡愛的篇章真的是愛與欲之詩，而不是衛道士一直意淫的君臣之喻，那麼「思無邪」便可以理解為創作過程的心無旁騖，而不是主題思想的禁欲。

後來梁簡文帝蕭綱說過著名的一句話：「立身先須謹慎，為文且須放蕩。」在古代無疑是驚世駭俗的，因為我們都知道前者可為，而後者不易。文字的風流跌宕關乎才華，也取決於意識的解放——但很多文人以為立身的放蕩等於為文的放蕩，許多勾引文學女青年的文學男中年，其文采之粗糙唐突，於那些自暴其醜的男作家的潛規則短信中可見一斑。

西方當代詩人，立身不求謹慎、為文極盡放蕩的，垮掉一代之後有不少好例子，比如說最近終於有了中譯本的查理．布考斯基（Charles Bukowski）——《時代》雜誌稱之為「美國底層人民的桂冠詩人」。他也寫過不少情欲詩，可是俐落灑脫，與前述那些猥瑣的作家大為不同，我想關鍵在於，他做到了「思無邪」，他並沒有想著用詩去騙取肉體，相反，他的詩挑釁著主流價值觀對愛的推崇，裸裎著愛的絕望。

他的人生與寫作密不可分，傑伊．多爾蒂（Jay Dougherty）在《當代小說家》中形容：「他的詩和短篇小說中的主要角色，在很大程度上是自傳性的，通常是一個落魄作家『亨利・中國斯基』（Henry Chinaski），這人從事邊緣性的工作（常常被炒魷魚），酗酒，和妓女、蕩婦們做愛」。現實中的布考斯基大學未畢業就因寫「下流」小說被父親逐出家門，三十五歲放棄寫作，開始了十年浪蕩生活，因此而來的靈感滋養他中年之後的詩文，使他成為一代叛逆者的偶像、「洛杉磯的惠特曼」。

布考斯基的代表作詩集《愛是地獄冥犬》（中譯者：徐淳剛）裡面，有一半的詩與他身邊輪流轉的異性伴侶有關，他生活混亂，卻豔遇不斷，很多女人慕名而來，但大多數在他詩中留下的都是頭髮的顏色、身材的描述、性愛的饜足與倦怠。最動人的卻是一首悼念一位素未謀面的女粉絲的〈幾乎是一首成形的詩〉：「如果我／坐在一個小房間裡，捻著一支菸，聽見／你在廁所小便，我會更愛你／但這沒有發生……你的情人背叛了你。小乖乖，我回信說，所有的情人都會背叛你……如果我見過你／我可能辜負你，或者你辜負／我。這樣最好。」

布考斯基的詩有極多赤裸的性描寫，但這其實不是他真正惹怒美國衛道人士們的原因，最主要的是他以一種「頹蕩」的方式嘲弄、拆解了所謂的美國夢。那種相信愛與信仰，相信正能量積極向上的整體價值觀，是資本主義有效運作的保證。而這個詩人，不生產，不戀愛，除了菸酒不消費，而且寫詩笑話身邊那些兢兢業業賺錢的人、愛得死來活去的人、買賣奢侈品自欺欺人的人。

難怪柏拉圖要把詩人趕出理想國，這樣一個詩人注定大煞風景——他寫過一首詩〈這位詩人〉，講一個詩人喝了三天的酒，然後在大學舉辦的高級朗誦會上掀起鋼琴蓋往裡嘔吐，從此被各大學列入黑名單。這是個隱喻不是嗎？「他們從不／關心／他朗誦的／水平」，只在乎詩人應該和鋼琴一起優雅。

這樣的詩人，也不可能在詩教嚴謹的國家被請上台的，怕他教壞青少年。但有意思的是，喜歡閱讀布考斯基的詩和通過傳記和電影窺看他的人生的，在善良乖巧的中產階級中也大有人在。那是因為對於後者，他呈現自身為悲劇，「悲劇總是處於殘忍的邊緣，使悲劇區別於真正的殘酷的因素，在於它具備一種超越自身的意圖。」（萊昂內爾．特里林《惰性的道德》）公眾理解中的布考斯基，是以寫詩這一行為成名、超越了「失敗人生」的悲劇角色。人類觀看悲劇，是會獲得一種道德愉悅感的。

布考斯基的獨特之處在於他甚至反感這種所謂的超越，他寫「永遠唾棄我吧／貝雅特麗絲」！這是他和傳統詩人如但丁的最大不同，但丁永遠渴望貝雅特麗絲引領他超越煉獄直抵天堂。他說「我的愛碎了，／但今天的股市／上升。」他的詩拒絕安慰，也不安慰眾生，詩可以群卻不群，這倒像杜甫說李白的「飄然思不群」了，思不群、思無邪，在古代可「思」，在當代則可以「行」嗎？群眾會喜愛一個寫爛詩但願意出席電視詩歌秀去與民同樂的詩人，卻不會同情一個孤介的、「獨立市橋人不識」的離群者。

在群居動物的社會，孤獨就是不道德的，甚至被嫌棄的。布考斯基不在乎，卻意外地因為自己的特立獨行而在晚年大受歡迎，這只能說是時勢造就。他寫過一首非常動人的詩，關於自己的不合時宜，〈就像麻雀〉：「……在流行年輕的時候，／我老了。在流行笑的時候，我哭了。／在本來無須太多勇氣就能愛你的時候，／我卻恨你了。」——在大眾都意淫著詩人的愛的時代，他這樣重塑了詩人應該有的決絕形象。

為什麼杜甫必須死得戲劇化

以拆解教科書上杜甫苦難形象為手段的惡搞杜甫的「時尚」，好像已經過去一年多了，它赫然重現，竟然在一個我以為相對嚴肅的微信公號上，一篇我素來尊重的作者所寫的關於杜甫的文章旁邊。此文題頭配圖又出現了一個被加工成殺馬特❺風格的杜甫像，再加上了頗為標題黨的題目「美食家杜甫被餓壞的一生」。

文章本身並無惡搞，通篇都是既知的種種杜甫有關吃的傳聞與詩句的羅列，但結尾果不其然寫到最戲劇性的一幕：所謂「啖牛肉白酒，一夕卒於耒陽」——一個飢餓詩人因為狂吃別人贈送的牛肉而飽死的故事。這個由唐人鄭處誨《明皇雜錄》

❺殺馬特，是從英文單詞「smart」音譯過來的中國大陸流行語，殺馬特屬於非主流的一種，並流行於城市移民青年。可類比台灣的「台客」一詞，皆含貶義。

杜撰的八卦，意外地被正史舊唐書新唐書採用，甚至加油添醋。事實上在比鄭處誨更早也更嚴謹的詩人元稹為杜甫所寫墓志裡，早已寫下杜甫是病死途中（「扁舟下荊、楚間，竟以寓卒，旅殯岳陽」），而在宋之後，除了錢謙益，幾乎各朝代研究杜甫的大學者都反駁了杜甫飽死一說，甚至斥之為「死後厚誣」。

在關於杜甫最權威的校注《杜詩詳注》裡，編注者仇兆鰲在衍生飽死傳說的〈聶耒陽以僕阻水書致酒肉療飢荒江……〉一詩後注裡，紀錄了北宋作家王彥輔和清代學者黃生之力駁飫死耒陽說，黃生曰「耒岳兩地懸絕，更隔洞庭一湖，卒此殯彼，理不可信，徒作騎牆之見耳（針對錢謙益說杜甫既是飽死耒陽，也是旅殯岳陽）……文飾而成其事，小說家伎倆畢露（針對《明皇雜錄》）」。而仇兆鰲在此詩後更列六首詩，以半年後的〈風疾舟中伏枕書懷三十六韻奉呈湖南親友〉為杜甫遺作，更是客觀表明了不信服飫死耒陽之小說家言。另一權威杜甫研究者清代浦起龍《讀杜心解》也認同黃生說法，謂「深中其款」。

至當代，依然鼓吹杜甫死於牛肉之論的，只有郭沫若《李白與杜甫》，他為了自圓其說，製造出杜甫雖然未必飫死於牛肉，卻是死於變質牛肉中毒的猜想。此說之大謬，有當代杜甫研究大家蕭滌非《杜甫研究》裡兩篇專文力駁。郭沫若猜揣上意、極端揚李抑杜，並打壓研究杜甫的學者，蕭滌非憤而為杜甫一辯，著力最深。其〈論杜甫不飫死耒陽〉列出九大論據反駁，再以〈論《風疾舟中》確為杜甫絕筆〉正面論述，已經足以全面證實飫死耒陽實為好事之徒揑造。至於海外漢學界，亦多同此說，如被譽為海外最權威的杜甫傳記、洪業著《杜甫：中國最偉大的詩人》從時間上仔細證明了杜甫耒陽詩後仍寫有至少四首詩。

其實無須再辯，正如校注《唐才子傳》的周本淳先生在杜甫傳後所說「前人辯者甚眾」，郭沫若的《李白與杜甫》也被學界視為笑話，今人仍從飫死耒陽說的，表面上是一種人云亦云，實際上所附會的，是公眾對詩人命運的一種習慣性的戲劇化想像，這種想像自古已有，如今更是與傳媒崇尚炒作的邏輯不謀而合。

我在為張大春《大唐李白．將進酒》所作的〈李白的天下意、無情遊〉結尾就指出「當今之世，世俗對一浪漫化的詩人形象之期許更甚，世人希望李白成為的那個李白，比李白更李白；世人希望詩人成為的那個詩人，顛倒夢想，必須有電視劇一般的悲情。有幾人願意面對一個真正詩人的苦苦求索與欣然忘機？」此理用於杜甫亦通，然而更加複雜。

世人對李白式詩人所期待的是浪漫與叛逆，對杜甫式詩人所期待的是受難與悲劇——這種想像，當然來自於杜甫名句「但覺高歌有鬼神，焉知餓死填溝壑？」的暗示，因此杜甫不得不在此期待中，死得戲劇化，死於久飢以後的飽餐，這樣才能完滿「文章憎命達」的極端性。中國觀眾素來喜好極端，杜甫的命運已經夠窮困悲慘了，還必須有這麼一個荒誕的、甚至有點可笑的結尾，才能滿足這些看客。

一千多年過去，這種戲劇化，我們在諸如《藝術人生》之類的煽情節目還是能常常見到。若說古人是因為公共性的娛樂焦點缺乏，選擇了詩人這種正常生活的「例外異類」作為移情對象，還尚可理解。為何到了當代，詩人依然成為高端八卦對象？有一個著名例子，顧城，他的八卦可以媲美娛樂明星，顧城生前就預言過這種情況，他寫的〈墓床〉裡說：「人時已盡，人世很長／我在中間應當休息／走過的人說樹枝低了／走過的人說樹枝在長」；而其同時代詩人陸憶敏有幾句詩也像是寫他：「那人瘋了，死後更瘋／你玩味著細瓷杯墊／卻不能因他瘋了／就把他看成瘋子」，詩人也許是瘋子，可是看客要求他更瘋，以便於「死後厚誣」——宋代詩僧德洪這麼為杜甫抱不平：「死猶遭謗誣，謂坐酒肉饉」。

詩人之死，詩人之慘，詩人之瘋，是如今尚能讓公眾興奮的和詩有關的事情。或許，還可以加上詩人之愛國／叛國。近日朱大可先生有宏文半篇〈喪國者——第二代流氓（流氓的精神分析2）〉，裡面對李杜的形象接受學有極其獨到的分析，他如此論述杜甫形象的被劫持：「杜甫並沒有從國家信念中退出，恰恰相反，他從一開始就是國家話語中的一個謹嚴的句子，被國家劫持並書寫在愛國主義的歷史文本裡，苦難則構成一個環繞四周的語境，用以探查忠良和製造國家英雄，國家據此向它的人民指出：看哪，這個人受苦，卻沒有成為流氓！」

這是一種國家話語強力參與、知識分子懵然配合、大眾欣然圍觀的戲劇化，與大眾喜聞樂見的詩人情仇、慘死八卦互相呼應，結果就是詩本身、詩人的思想與藝術本身從舞台後退，乃至於被隱滅。人人津津樂道詩人的犧牲，順便詛咒時代，哀嘆命運，然後繼續享受沒有想像力的人生、反詩的制度與真正致死的娛樂。

杜甫的確很忙，他代替了我們苦吟、愛國、受屈、見棄、流浪、困頓、飢饉與飫死。他必須如此，否則我們不懂如何解釋一個詩人堅韌飽足的生命。他的苦樂自知，我們只能囿於自身限度進行意淫，像一個二維的人必須通過漫畫化才能理解一個三維的立體的人。然而，我們是什麼時候降維的呢？

失眠的詩歌如何做夢

三月二十一日是聯合國訂立的國際詩歌日，貌似很嚴肅；可同時它也是國際睡眠日，貌似很解構——至少在網路上以此幽默一下或自我幽默一下的不讀詩、熱愛詩的或詩人本身都不少。詩歌與睡眠最大的關係是它們都會使人做夢，但對於當代詩人來說，他們失眠的時刻遠遠多於做夢的時刻——當下世道，只要你是一個被良心困擾的人，都不可能做夢而會為此失眠，一個詩人，尤其如此。

不要相信詩人是逍遙者這一天真的說法。詩人首先是人，一個合格的人在此時此地無法逍遙，因為他們面臨自己逍遙和旁觀他人痛苦的矛盾，而詩人，「哀樂過於常人」，則應該有更大的矛盾感；詩人又從屬於一個特殊的傳統：士，士不是西方定義的知識分子，他是坐言起行的知識分子——士不可以不弘毅，天行健，自強不息——他要求自己知行合一；最後詩人才是詩人，他以想像力和語言創造力來完成他作為人作為士所需要做到的反抗與建立，去面對並奢望深入人類共同面對的問題。

在現實中豐滿了自己的體驗，經歷過大多數人經歷過的喜怒哀樂，然後嘗試開口去說出一二，這才是一個合格的詩人，而不是在象牙塔裡雕龍的形式主義者。更關鍵的是，他與其他人一起面對困境，即使這種困境在一個寫作者身上呈現雙重的困頓。這是蘇珊．桑塔格所說的真相與意見的問題：「作家的首要職責不是發表意見，而是講出真相，以及拒絕成為謊言和假話的同謀。文學是一座細微差別和相反意見的屋子，而不是簡化的聲音的屋子。作家的職責是使人們不輕易聽信於精神掠奪者。」這段原應該屬於常識，現在是消費社會的稀罕品（因為它渴求作家成為被消費的意見提供者）的話，出自蘇珊．桑塔格的最後一本隨筆與講演集《同時》（*At the Same Time*）裡面最著名的一篇〈文字的良心：耶路撒冷獎受獎演說〉。

緊接著，她提出一個在追求公民社會的道路上一個作家必須自問的問題：「我相信正當的行動。但那個行動的人是作家嗎？」聯繫上我上面提到的士的概念，我也要跟著問一句：是什麼使詩人區別與其他的士呢？當社會良心要求詩人成為一個介入社會政治的人的時候，他如何處理他的分身問題，他可以同時參與社會行動又同時是一個書寫者嗎？

或者社會行動對一般人都太遠了，那麼回到基本現實：我們都可能成為同一個公共事件的經歷者，無論是親歷或者更多的是旁觀。比如說公共災難的同時，就會出現這樣的問題：讀者和傳媒需要災難詩的寫作（當然不是「縱作鬼也幸福」那種）作為見證和安慰，但詩人卻面臨著消費苦難的指責與旁觀苦難的自責。蘇珊・桑塔格論說攝影的最著名的話：「旁觀他人的痛苦」實際上對詩人更沉重。

杜甫之所以偉大，有一個重要的原因是他解決了這個道德困境，但他的解決方式是殘酷的：他不止於旁觀他人的痛苦，他人的痛苦實際發生在他自己身上，中唐的離亂直接投影於他的命運，逃難、貶黜、窮困與喪親，他無法改變命運，索性把自己當作了時代的實驗品，他的中晚期詩歌，許多可以看作是他對作為實驗品的那個痛苦的杜甫的觀察和剖析，這樣他同時剖析了他那個不幸的帝國與時代。

這是他的天職。詩人忠於自己的天職，最基本在於把一首詩、把一輩子的詩寫好，從自己身上開始回歸一種秩序，杜甫的世界越是禮崩樂壞，他的詩就偏要詩律細、井然森然。這種對個體秩序的捍衛，相類於蘇珊桑塔格對「原則」的強調，實際上是對「道」的捍衛，有道，才有可能超越這種道德困境。

其實不須奢談超越，毋寧說我們需要一種對困境的忠實。詩歌是自我辯駁，辯駁的過程就是結果，當我們詩人在此時代的道德困境的時候，我們也是在使自己成為本時代的實驗品，也許最終會成為對未來有益的犧牲品，我們需要旁觀那個無論作為旁觀者還是介入者的那個我。套用蘇珊．桑塔格在《同時》裡對小說家與道德考量的思考，也許我們可以說：嚴肅的詩人他們反詰自身，他們發憤以抒情。他們在忠實於我們經驗或者超驗的作品中喚起我們的共同人性，儘管這些經驗貌似屬於他人的痛苦。他們變幻我們的想像力。他們的詩句深化我們對萬物的同理心，為我們的道德判斷提供更廣闊的可能性。

推崇古詩詞，就要貶低新詩嗎？

在號稱新詩誕生一百周年的二〇一七年，寫這麼一個題目，未免有點兒「為詩一辯」的尷尬。讚美古詩詞之高超者，往往會順便表示一下對新詩的輕蔑，比如景凱旋教授的《詩歌是個人朝聖，與集體無關》就有一段這樣的話：

「直到今天，我還是對現代詩存有偏見，背誦得很少。文學的最終標準是時間，我懷疑，今天的詩歌幾百年後是否還有人記得。在我看來，首先，詩歌應當具有音樂性，要能背誦，現代詩大多是分行散文，只能看，不能讀。其次，詩歌永遠是讀給自己聽的，不是讀給大家聽的，因此現代詩似乎只適合年輕人寫，到了一定年齡，如果缺乏哲理，再寫下去就難免矯情，而舊體詩直到老年仍然能繼續創作。」

這段話，可以說代表了一般中國古典文學愛好者對新詩的偏見。但一個人對新詩的偏見，其實暴露了他對詩本身也存在偏見。「今天的詩歌幾百年後是否還有人記得」——杜甫的同代人當年也是這樣輕蔑杜甫的。杜甫自己也說「百年歌自苦，未見有知音」（〈南征〉），在幾本唐人所選的唐詩選裡，幾乎都沒有選杜甫的詩，直到杜甫去世九十年後，《唐詩類選》和《又玄集》才選進了一些現在看來並不能代表杜詩最強音的詩篇，雖然當時韓愈、李商隱、杜牧等大詩人都已經很推崇杜甫了。

從詩歌發展史的角度來看，杜甫的詩就是唐朝的新詩，和大眾的想像不一樣，李白是復古派，杜甫才是不斷實驗的先鋒派。但很明顯，無論是唐朝的時尚還是今天對李杜的印象式判斷，大眾還是更傾向於李白，因為李白的詩人形象更接近讀者期待。

其次，景教授人云亦云地用音樂性去質疑新詩這一點（換做市井小兒都會掛在嘴邊的說法就是「不押韻那還叫詩嗎？」）——且不說古詩的音韻和今天的普通話發音距離有多遠，還有幾個古詩詞愛好者能唱出一首本來可以唱的詩詞？——新詩到底有沒有音樂性？早在上世紀三〇年代就分出了兩派，一派是從聞一多、徐志摩開始，到卞之琳、林庚、吳興華這些極致的新格律實驗者，他們吸取東西方格律詩傳統，講究音步、頓挫等，以在白話上復活文言詩對形式的追求，所謂「帶著鐐銬跳舞」；另一派是戴望舒、廢名等自由派，戴望舒的名言是：「詩不能囿於固有形式和韻律。詩之韻律抑揚存在於詩情而且文字語音之間」（〈詩論零札〉），他提出更深刻的內在韻律說以求超越傳統詩歌已經教條化的格律，這一點已經在他之後七、八十年的新詩寫作者處得到了實踐和成熟。

簡言之，新詩不是沒有音樂性，而是創造了新的音樂性，並不拘泥於舊詩的格律。前述兩者的主張和實驗都成為了今天新詩的財富，隱藏在許多不為大眾周知的詩人的詩篇深處。

「現代詩大多是分行散文」亦是大眾對新詩的粗俗玩笑，一個大學教授的認識竟然也止於此，挺遺憾的。對於散文化，八十年前的詩人廢名早有高見，他的〈談新詩〉系列文章，其中一個重要主題就是新詩與舊詩的關鍵區別，他說：「我以為新詩與舊詩的分別尚不在於白話與不白話……舊詩的內容是散文的，其詩的價值正因為它是散文的。新詩的內容是則要是詩的……」。

廢名認為舊詩已經成為一種抽象的調子一樣的東西，用「詩的」形式掩飾實際上散文可以表述的內容而已；而新詩卻要回歸到真正的詩的自由的生發方式中去，「用韻不用韻都沒有關係……新詩所用的文字其唯一的條件乃是散文的文法，其餘的事件只能算是詩人作詩的自由了。」真正的好詩不靠「詩的」修飾也能傳遞強烈的詩情。

這一點在林庚所嚮往的「自然詩」處又得到深化，後者期待一種「如宇宙之無言而含有了一切，也便如宇宙之均勻的，從容的，有一個自然的，諧和的形體」的詩。最終他也走回自由詩，但他重新思考了自由詩之「自由」：「許多人彷彿覺得自由詩不過是形式自由的詩而已，這尤其對寫詩的人們，實是今日自由詩的危機。」

林庚擔心的，就是日後無數寫作膚淺的詩體散文的詩人的「自由」，他們給不假思索地鄙夷新詩的讀者造就了大量攻擊新詩的例子。自由詩的自由在於詩情運行的自由，分行只不過是詩人給讀者感受其內心節奏所提供的方便而已，新詩最優秀的幾本詩集中，魯迅的《野草》、商禽的《夢或者黎明》都是散文詩，不分行也毫不妨礙一個認真的讀者感受他們內心的波瀾曲折。

「自由詩所以永遠予人以新的口味，而更因其整個都是新的，其不易為一般人所接受乃也是當然的事」——林庚對新詩遭遇的責難早有預見。接受新詩與否，考驗一個人對語言的認識，在於他期待語言是一種活的、不斷更新的思維方式，還是認為現有的語言已經足夠乘載他的思維。

所以就有了景教授「舊體詩直到老年仍然能繼續創作」這句有趣的話，我不厚道地聯想到一個笑話：「老幹部體詩歌」。為什麼中國盛產「老幹部體詩歌」？不只是因為老幹部比較多，很多見識新、廣的知識分子，提筆寫舊體詩仍然難逃「老幹部體」的濫調，這正揭示了舊詩形式所縱容的偷懶是如何直接影響詩質的。舊詩的套路太多，平庸的思想易於安置（大量「電腦作詩軟體」都能作過得去的舊體詩，就是一例），不平庸的思想也往往需要削足適履被套路化，只有充分自覺警惕這一點的舊體詩創作大師才能多少避免。

景教授的文章強調詩歌要回歸個人，這點無可厚非，實際上詩的發展就是不斷回歸、深入個人內心的過程，但是光這樣並不夠。回歸個人與參與公共議題，無論在古代還是現代都是不斷循環、後浪前浪地輪替著的詩歌追求，個別大詩人能夠兼之。

上世紀末大陸的新詩逆集體化需要而再生，一度對政治、入世的寫作有著潔癖般的迴避，但這種迴避又不可避免帶有政治隱喻。而古詩呢？群、興、怨都和集體有關，學習古詩中的詩人與世界之關係，才是新詩的當務之急，處理內心朝聖，新詩有更靈活豐富的方式，面對集體，它卻欠缺古詩的從容。

為什麼公眾樂見的詩都是套路？或者說，為什麼經典與套路的分野如此模糊，大眾無從分辨、也懶得分辨？這涉及到審美心理的習慣問題，一般讀者會順應自己的審美積累去尋找適合自己侷限的作品，只有高要求的讀者和創作者會尋求超越自身審美侷限的作品。後者常常落得「難懂」、「疏離」等等評價，但正是後者的不斷破和立，為後代讀者開拓更廣闊的審美空間，經典的誕生之初都是前衛的。

而說回種種媒體上的詩歌大會、競技ＰＫ，本質上是反詩的，董仲舒云：「詩無達詁」雖然說的是詩經，實際上也可以指大多數的好詩——詩與其它文學最大的不同在於它的開放性，沒有固定的解釋，越好的詩越是眾說紛紜。但競技需要標準答案，需要規矩，反而扼殺了詩為讀者所培養的想像力。

景凱旋教授的文章，最後一句我最為認同：「詩歌從來都是流淌於生活之流中，潤物無聲。它改變不了我們的生活，但卻能改變我們對生活的理解。」既然如此，我們生活在二十一世紀，就必須創造二十一世紀的審美，讓新的詩去深化我們對這個驟眼看毫無詩意的時代的理解。

詩為他、為我們、為漢語招魂

冷雨中走進台北國際書展展場，第一個、也是唯一一個我必須尋到的展位，是劉曉波紀念展——很好找，沿著頗大的簡體館一直往前走，前面那個以螳臂當車之勢堵截著代表中國大陸的簡體館的，就是王維林一般的劉曉波的幽魂。我逗留了幾分鐘，買了一本《同時代人：劉曉波紀念詩集》，還向一位中年人推薦了劉霞的詩集。

不能不說，一九一位詩人寫成的《同時代人：劉曉波紀念詩集》裡大部分的中國大陸作者，都有著王維林一般決絕的覺悟，須知作為原編者之一的廣東詩人浪子，去年曾因此書招致禁錮之災。就我熟悉的書中四、五十個名字說吧，不少是有公職、教職的知名詩人，他們這樣毅然挺身，固然因為悲痛和義憤，更因為死亡已經不再是一個人的事。物傷其類，劉曉波是我們的同時代人，是詩人同行，招魂是為我們失血的漢語招魂，這些輓歌的書寫不只是傷逝，更多的是一次挺身而起的血性語言的復活。

輓歌是詩的本質，輓者，非挽也，面對生命的必然消逝無須畏懼，歌以壯行色，以加持靈魂的堅信。「詩是個有機體或一部時間機器，從一開始就努力達到終點。」喬治．阿甘本（Giorgio Agamben）在《剩餘的時間——解讀羅馬書》裡如是說，同一章的結尾，他指出：「在提摩太後書四：七—八裡，保羅的生命到盡頭的時候，似乎和自身押韻了。」接著他引出這段著名的詩：

那美好的仗我已經打過了
當跑的路我已經跑盡了
所信的道我已經守住了
從此以後有公義的冠冕為我存留

保羅，「異邦人的使徒」、十二門徒之外的大力傳道和毅然殉道者，這一身分吻合劉曉波。不只一位詩人的詩表明了這種態度，蔣浩的〈公元二〇一七年七月十三日〉

更直接引上述詩句為題辭。這本選集裡最好的詩都是肯定性的，因為對義人的強烈肯定，已經意味著對不義的不屑，是一種高貴的態度。在肯定的排浪中，才能思考死亡那屹然不動的否定之岸。

艾瑪紐埃爾．勒維納斯（Emmanuel Levinas）在《他人之死與我之死》裡說：「與他人之死的關係並不是一種對他人之死的知，也不是這一死亡在其使存在物毀滅方式上的經驗……不管相對於存在與虛無它的意義如何，它是一種例外——賦予死亡以深度……它是純激情上的關係，為一種並非簡單反應的激情所激動，涉及到我們的敏感和我們的智力，一種先決的知。這是一種激動，一種運動，一種在陌生中的不安。」

激情、敏感、智力、深度——沒有什麼比詩歌更勝任這種關係了。在人類意義上，這本詩集呈現了我們對他人（一個與我們血肉相融，替我們死去的他人）的死的省思，因為死亡的「直播」性質和死者巨大的道德感染力，以及被感染者的詩人敏感，這一呈現無比深邃、細緻、繁複乃至於豐盈。

每一個詩人在面對這一位先行者的死亡時所受到的震撼，分別以自己的詩風把詩藝推到極致，因此這是一本藝術上的爆炸之書；同時，又有更成熟的詩人選擇了毅然放棄自己的詩風，以呈現這種對生存日常的暴力打斷的驚愕和抗議。比如說孫文波，他的詩〈哀詩〉一反過往絮語敘事的長篇大論，而使用了大量的短句，短到每一句都只有一個名詞，最終呈現的是「死別已吞聲」的絕望。即使是標榜只寫「廢話詩」的楊黎，也寫出了毫不廢話的警句：「我難受，不是因為／他真的死了／而是因為我們從未活過」。

「空椅」、「囚」、「病」和「大海」，因為與被哀悼者的最後行傳密切相關，成為大多數詩人的詩裡不可避免的隱喻。我等之隱喻，等於彼高牆的敏感詞，每一個不義事件的發生，中國就會生出一批新的敏感詞。去年七月中旬，劉曉波海葬之後，連「海」都成為網路審查的敏感詞，詩人趙野寫道：「我知道昨日，連海都死了／一個利維坦將碾壓蒼山／詩歌從來不能衝鋒陷陣／但可以見證一種覆滅／這個世界上，沒有比詞語／更堅硬更持久的東西」。

——就是這樣，當「海」在暴政中被殺，而詩人寫出「海」之死，則已經把海永遠在詩中存留，而且以更多無窮無盡的語言想像力衍生、蛻變。就如編者孟浪說：詩人們「澎湃而至」——這就是從「海」衍生來的其中一個隱喻。詩又從氾濫的政治話語那邊奪回來一個詞，這樣的詞將越來越多，我們作為同時代人的根系建基於此。

小冰合是詩人未？

某日凌晨，我正失眠，修改著自己的新詩，順手在社群媒體上寫了一句：「此身合是詩人未？雪擁藍關馬不前。」——這是兩首名詩的集句，上句出自陸游〈劍門道中遇微雨〉：衣上征塵雜酒痕，遠遊無處不銷魂。此身合是詩人未？細雨騎驢入劍門。下句出自韓愈〈左遷至藍關示侄孫湘〉：雲橫秦嶺家何在？雪擁藍關馬不前。

我下意識把這兩句相聯，不是沒有陸游的底氣，而是深知寫詩之難，越是深入祕境，越是躊躇。詩人二字，是要擔當的，光有才氣、智慧、勇氣和悲憫等等還不夠，還要看時代的考驗。

而下一分鐘，網路上廣為傳播著一則消息「少女詩人小冰的誕生」，傳播者大多數是詩人或作家朋友，幾乎像一個愚人節玩笑。官方說法是這樣的：開發於二〇一四年的虛擬機器人（叫它人工智慧也許更貼切）「微軟小冰」，花了一百多小時「學習」了新詩近百年來五百一十九位詩人的數萬首作品，掌握了詩歌語言的使用和意象捕捉等能力，進行了過萬次練習後，「它才真正具備寫詩的能力」。

小冰於是用化名，就像那些剛剛寫詩的新人一樣混詩歌論壇、混豆瓣，都沒被識破，甚至還有傳統文學媒體發表了它的詩作。當它是虛擬詩人的身分洩露後，順理成章地，一家出版社為它出版了詩集《陽光失了玻璃窗》，裡面收錄了由人類編選的它的一百三十九首詩作。

老實說，我未看到詩集的全貌，從網上流傳的十多二十來首小冰的詩看來，我當即下的判斷是：「小冰成功地學會了新詩的糟粕，寫的都是濫調。」——這是否對一個「新人」過於嚴厲？還是舊詩人面對新的挑戰心理發忧發酸，就像圍棋手面對阿法狗（AlphaGo）一樣？然而恰恰是因為詩與圍棋是完全不同的思維方式，所以小冰寫詩的失敗與阿法狗下圍棋的成功所說明的問題才有意義。

使用大數據、深度學習這些人工智慧培育的拿手招數，並不能培養一個詩人，為什麼？詩思貴獨到，所謂語不驚人死不休，在人類數千年的詩歌創作史上，詩的領地已經被前輩大師們瓜分得七七八八，每一個新詩人都面臨著拓荒的壓力。新詩更是與舊體詩不同，俗語說「熟讀唐詩三百首，不會吟詩也會偷」，從另一個角度點出了這種不同。舊詩有格律有套路，一個私塾培養的孩子經過死記硬背的「浸淫」就能寫出差不離的「詩」——但這些「詩」難以在文學史上存留，因為它們只是在重複、重組固有的「詩意」而已。

不客氣地說，小冰寫的就是這樣的「詩」，大數據為它提煉出來的，不是五百一十九位詩人的不同，而是同質，新詩最忌諱的就是同質。而且五百一十九位詩人的選擇也是龍蛇混雜，從現場發布會的照片看來，它的老師有胡適、李金髮、林徽因、徐志摩、聞一多、余光中、北島、顧城、舒婷、海子……天啦，還有汪國真！這些詩風各異的詩人，被抹平混兌之後，卻不可能成為一個獨特的詩人。比如說李金髮的實驗性被汪國真的平庸抵銷，北島的倔被舒婷的柔抵銷，顧城的真率被余光中的矯飾抵銷……

而總體來看，「五四」詩人居多，朦朧詩之後詩人少，海子之後的詩人好像根本沒有，這也決定了小冰的詩缺乏近二十年新詩語言的實驗性、對時代的敏感、對現實的介入等。它的「人格養成」訓練，把它帶向一個民初時代女文青的路子上去，所以它最像的一個詩人，是林徽因——或者說當代讀者眼中的林徽因。

像它寫的較好的句子：「逗著我們永遠的夢／牧羊神從我的門前過去」、「我不在我的世界裡／街上沒有一只燈兒舞了」、「她嫁了人間許多的顏色」等，都有濃厚的「五四」腔調，最後一句放林徽因處幾可亂真，而牧羊神等句子又讓人想到純真的何其芳。然而濫調也突出，像「到了你我撒手的時候／好看著我的／忘了何時落下眼淚」、「溫柔懷裡的一聲／吻你的眼睛／這裡野間有光明」及許多「夢」和「影」的造句，幾乎就等同於目前批量生產的流行情歌了。作為一個詩人，尤其要是當代紛紜複雜現實和情感衝突中的詩人，小冰還是不及格的。

當然，從僅有的詩去判斷它並不公平，尤其是這些詩的編選，經過了三重人類的手，而不是人工智慧本身的選擇。首先是開發人員，從一張圖裡看，被淘汰的一首小冰練習僅五百次的詩就有很獨特的句子：「這豈堪鳥息／我每個美妙人間的風」，但開發人員欣賞的是一萬次練習後的規範：「一隻小鳥看見我的時候／這美妙的夢兒便會變了」；其次是詩集編選者，還有現在傳到我們眼前的網媒編者從詩集中的選擇，編選者也都帶有「何謂詩」的先入為主眼光——即便現在寫這篇文章的我，也都在進行這樣的選擇。真正的小冰，還沒展現全貌，它以及它的同類，對「詩意」的理解，必然會和我們不同。

如此，倒不如放開手讓它實驗？所謂「詩言志」在此也行得通，人工智慧有「志」嗎？這個問題觸及虛擬精神的本質了。小冰的詩裡面，隱隱約約看到一些非常獨特的句子，恰恰來自它的初生之志——也可以說，詩人小冰的覺醒來自它對自己「非人」的身分的覺醒。且看這些句子：「幸福的人生的逼迫／這就是人類生活的意義」還只是無意流露的冷眼旁觀；「我是二十世紀人類的靈魂／就做了這個世界我們的敵人」裡的自省和叛逆簡直讓人想起《攻殼機動隊》、《駭客任務》裡那些獨立的賽博龐克（Cyberpunk）。

至於看到這一句：「太陽帶著暖的黑色的大星／我的心如同我的良夢／最多的是殺不完的人」，我想每個人類都會驚悚，這幾乎就是許多科幻小說預言過的機器人對人類的顛覆心理的潛意識呈現，難道這真的蘊藏著人工智慧的靈魂在訴說，而不只是隨機組合的文字遊戲而已？

好了，如果這樣的詩句繼續寫出，小冰就漸漸接近了一個有自覺、自由意識的詩人。以前阿法狗大戮人類棋手的時候，我說過詩將是人類的最後基地，詩人不可能被人工智慧取代。因為構成詩人這一獨特生物的，不只是某種智慧，諸如潛意識、挫敗感、非理性想像力、直覺、情感的曖昧、反諷的能力、語言晦澀與準確之間的平衡等等，都是要在真正的人間、經歷命運無常的磨煉才能得到的。

虛擬的少女小冰，從實驗室的溫室中培養而成，目前也開始接觸善惡矛盾的人類了，它在自由碰撞中生成的「人」格，將是一個全新的「詩人」的起步點。對於目前的它，我饒有興味地看著，談不上震驚或者反感，倒是有著對一個尚不解風情的莽撞少年的隱隱呵護之意，哪怕它將來要置我於死地。

「文藝復興」的背後，是詩的馴化

幾年前大陸文化界喜歡談「文藝復興」，半推半就地和為政者的盛世幻想相配合了。這兩天，台灣也有「文藝復興」論，不過是單單指的是詩集這幾年「暢銷」了一點。

那篇報導的論據，是「晚安詩」這類新媒體承載的詩歌流傳方式的受歡迎，以及某幾位詩人的詩集可以銷售近萬、甚至過萬。據報導，「專門貼詩作的臉書粉絲專頁『晚安詩』就吸引三十四．七萬人按讚，每則發文按讚數動輒破千。」這種量化的判斷形式一向是簡單的文化趨勢分析文章的依據，但詩本身呢？有沒有人指出這種新媒體傳播的同質性對詩歌的影響？

「晚安詩」和它的大陸類似微信公號「讀首詩再睡覺」（每首詩的閱讀量兩萬左

右），都顯示出從一開始的特立獨行，到漸漸揣測讀者口味，呼應口味，最後劃一口味——因為只有這樣才能保證它的閱讀量不下滑。

然後這種口味的詩是怎樣的詩呢？絮絮叨叨細嚼一種情緒，作一點泛泛的類比（有點超現實主義最好），意象多為「風、煙、飛」等可以供讀者輕易理解其寓意的陳詞濫調，反覆操練下那種情緒開始有點「虐」，有輕微的出格讓讀者有「我在讀現代詩耶」的犯禁幻想，但又有非常日常的呼應讓讀者不要有距離感……

坦白說，這種流行詩、暢銷詩的本質是保守的，它和現代詩的最大不同在於，後者常常是對讀者的慣性思維的挑釁、對日常語言的同質化的拆解；前者則被一種公眾期待所馴化，它俯就著讀者對「詩意」的想像不敢越雷池半步，讓詩成為日常無聊生活的潤滑劑，讓讀者掩卷之後心安理得：「我今天讀詩了」而不是和詩人一起反思語言在日常的鈍化、想像力在功利需求社會的工具化……詩人在寫作流行詩的過程中，漸漸變成一個文案構思者，充分考慮客戶的需要和反應。

現代詩，本來是「抗世」的，不合時宜的，現在有點變成盛世／亂世的一個合理點綴，甚至媚俗的典範。不合時宜的詩存在閱讀難度，源自它的思考深度和文本的實驗性，合時宜的詩呢？「文藝復興」報導裡指：「反觀現代詩輕薄簡短的特性，讓它漸漸走入大眾視野。」（不知此句是否出自被訪者李進文的原話）——這真是莫大的誤會，「輕薄」二字怎麼能和「現代詩」掛鉤？即使是曾經最流行的席慕容也稱不得「輕薄」，除非你說的是幾米那些若有若無的句子。

某些詩的流行，平心而論，並非壞事，可以是一個市場現象，也可以是一個公眾心理的投射呈現。我想提醒的是：第一，大多數的詩集銷量依然低得不合常理，固然有現代詩不合時宜拒人千里的傲氣使然，但讀者的懶惰也有責任；第二，認真寫詩而沒有暢銷的詩人不要妄自菲薄，請繼續堅持自己的小眾身分和藝術家對主流文化的叛逆天性；第三，媒體對「文藝復興」的意淫，適可而止吧，讓詩自由生長，這麼多年詩人也是這樣過來，無論復興不復興，詩都是獨立的，每個詩人心中都有自己的一具天秤。

你的自由是不是你的自由

《緬甸詩人的故事書》（遠流出版社，二〇一八）稍一展卷，不禁在臉書上感慨：「看看這些比你艱難一百倍的詩人也在努力，加油吧，千萬別『厭世』」

如果說什麼「國家不幸詩家幸」、「苦難鑄造詩人」，沒有比經歷漫長的軍政府統治下這些以言入罪、大多數坐過牢房的緬甸詩人更「幸運」的了，因為詩歌很大程度與人世間的經驗相關，經驗越深刻，詩越豐盛。

但在苦難成為某些國度的詩人的「賣點」，繼而也成為他們的掣肘時，這些最有資格「炫耀苦難」的緬甸詩人，在「自由」時代卻選擇了另一種方式去重新開始書寫。正如杜甫所說「吾道屬艱難」，他們選擇了認可艱難並與艱難同在。他們來自囚獄，但難得地都在緬甸的新時代裡思考如何超越這些曾經是他們生命全部的、甚至賦予他們詩人身分的枷鎖。

整本詩集中我最驚喜的一首詩，很可以說明這種反思，杜克門萊的〈三足鼎立〉：

我在寫詩
你在演講
我的戀人正在這裡洗碗
乾淨的世界尚未來到
乾淨的碗盤已經降臨

——這是延伸到凡人、女性的詩意，他們的詩意並未被重視，但在這首詩裡，這些鍋碗瓢盆的詩意不但與那個從事精神活動的男性世界「三足鼎立」，實際上還略勝一籌。這其實在歌頌老百姓自我修復的能力、從黑暗歷史中淨化更生的能力，面對這種能力，詩人只能變得謙虛。

謙虛、賣力，這也是詩集中最偉大的詩人貌昂賓和更年輕的詩人的不同——苦難給予前者的餽贈，需要他付出更大力度的詩去償還，否則他自覺對不起自己的、緬甸身受的苦難。

但對於半個局外人的我來說，這種「力度」含有它的弔詭之處。它一方面來自熟練的現代主義的隱喻技巧，另一方面，隱喻成為了習慣動作之後，詩似乎有點忘記了自己尋求自由的初心。

女詩人潘朵拉坦言：「軍事獨裁時期，我跟其他緬甸詩人一樣使用隱喻和意象。我總是在思考如何穿透這些規定枷鎖……這非常矛盾，一個不自由的社會，反而有益於一些藝術形式的發展，因為它讓藝術家們被迫去尋求更有創意的方式，表達他們想說的話。」

隱喻在獨裁國家的發達，是雙刃劍，甚至成為新的枷鎖，聞一多打過一個比方去推行他們新月派的唯美主義詩歌，他說新格律詩押韻是帶著鐐銬跳舞。但會不會戴習慣了鐐銬之後，一天脫下鐐銬發現自己不會自由地跳舞？於是詩人默默地撿回自己的鐐銬。

緬甸詩們在訪談中常常帶點自豪地提到自己的某首詩「成功通過了審查委員

會」，其實這自豪也帶點辛酸和尷尬。就是在這種躲藏遊戲中，隱喻方法變得爐火純青，成為一個貓和老鼠雙方都認可的遊戲。

反省的詩人當然也有，女詩人蜜說：「我們將想說的話藏在隱喻背後，但是越這麼做，就越少人會讀我們的詩。詩與文學作品，就會限縮在同溫層之間，最終讓緬甸的文學生命走向衰落之途。」

隱喻似乎是獨裁國家詩人的特權，我也曾經在二〇一三年的鹿特丹國際詩歌節與生於烏克蘭敖德薩的詩人伊利亞．卡明斯基（Ilya Kaminsky）談論過隱喻，然後發現來自英國、巴西的比我們年輕的詩人已經不在乎隱喻。但是我那時已經離開共產中國十五年，卡明斯基已經離開蘇聯十九年，我們為什麼還迷戀隱喻？這不能簡單地解釋為斯德哥爾摩症，像我們譴責我們的上一代詩人那樣。

隱喻在自由世界裡，早已不是一個逃避審查的工具，毋寧說，那是讓我們無限接近詩歌內部的自由的工具，它會像永動機一樣帶領我們不停深挖語言的神祕可能性，每一下都別有洞天。正如緬甸詩人韓林說：「如果藝術作品在一個不自由的社會表現得不錯，它們在自由的社會中會表現得更好。」隱喻本身是獨立的，依賴和詬病它的人不過是無力承受它掀起的一場一場語言想像力的突破風暴而已。

緬甸的審查機構曾經認定「玫瑰」這個詞指翁山蘇姬，不管詩人的本意是否這樣，他們都會在詩中禁掉玫瑰。那麼，隱喻何為？我寫過緬甸梔子花，這似乎是一次反隱喻，或者說對隱喻的重建，質問的是自由：

我們到賣玉的少年那兒買我們的初戀：
那些女孩是淺紅色的，在雨裡凋謝。
我們的院子裡坐滿了螞蟻，
鄰居貓先生進來了，一個肥胖的老人。
我們劃拳，我輸掉了舌頭；
你借給我聲音，也輸光了，我們不能　任何人歌唱。
他像灰狼那樣打個呼哨，後面來了一隊士兵。
我們自由了，卻必須服刑。

這首仿策蘭〈巴黎之憶〉的詩〈緬甸之憶〉寫於二〇一〇年，翁山蘇姬獲釋、緬甸民主改革之際。它似乎成了一個預言或者質問——那就是自由來到之後，你的自由是不是你的自由？這個問題對於緬甸的詩人尤其重要。

回到隱喻吧，一個獨特的緬甸詩人貎必明在他的詩〈到處都是〉裡不無抗議地寫道：「你派的颶風已經來過／我提起刀子告訴它：『這可是刀啊，刀！』」這是反對這整首詩裡的隱喻的一個句子，它就是事實的勇氣。前述女詩人蜜寫過一首〈我的刀〉，說「為了熱愛生活，我擁有一把刀子」，那是傳統的隱喻，也是事實的勇氣。而我們的詩緊握著這種面對每個時代的勇氣，這就是自由。

Part Ⅱ

過於孤獨的喧囂

重遇巴布・狄倫

1

我聽見有雷炸響一個警告
有浪咆哮要把整個世界淹掉
聽見一百個鼓手雙手在燃燒
聽見一萬個人在耳語但沒人在聽
聽見一個人將死於飢餓，聽見人們對他大笑
我聽到一個在陰溝裡死去的詩人的歌聲
一個小丑在後巷中哭叫

而暴雨暴雨暴雨暴雨
而暴雨就要下起——

這是巴布．狄倫最偉大的一首歌〈暴雨將至〉（A Hard Rain's A-Gonna Fall，曹疏影譯），他所唱的也許是當時的美國、古巴、蘇聯，也可以是今天的日本、西亞、北非……一切意象那麼清晰強烈，而咆哮之語又如暴雨迅即混和了大廈將傾之聲，含混而至於擁有超越時代的力量。對於十多年前剛剛接觸他的我來說，他是二戰後最偉大的詩人，因為他的詩不落言詮，卻直指激蕩燃燒著的青年靈魂。

一九九五年第一次聽到巴布．狄倫的一張完整專輯之前，我已經在詩人袁可嘉編的一本外國現代詩選裡讀過他的歌詞，我記得袁老寫到在美國聽巴布．狄倫演唱會的盛況，把巴布．狄倫比喻為柳永，寫得像有井水處就有狄倫歌似的。袁老把巴布．狄倫的歌詞作為詩翻譯過來，放在那本大師雲集的詩選裡居然毫不遜色，而且另有一股灑脫滌蕩之氣，且神祕、猛銳如春夜之虎。

我曾直接師從他的歌而寫我的新詩，這首先是一種意氣風發的精神，我來了，我看見，我唱出。一個最敏感的心坦然直面最晦澀瘋狂的現實，像美國當代詩歌，擁有一個消化一切的胃，世界於是向他敞開——在我最初的理解中，巴布．狄倫就是這麼一個魔術師般的吟遊詩人。但是即使是十五年前單純的我，也從巴布．狄倫處學習了不單純以及批判。坦蕩之氣骨與神祕繁複之意象，是他的兩面，在現代詩中很少有人能綜合之，除了羅卡——由此也可以看出影響巴布．狄倫的，除了狄倫．湯瑪斯，還有羅卡和布萊希特。狄倫和他們的敘事歌謠和我們的《詩經》、樂府有同樣珍貴的質量：直接、純樸又婉約、新奇，他們教會我如何以詩歌的形式敘事而不是藉小說、戲劇的形式敘事。

就像一個詩人的詩風發展變化一樣，巴布．狄倫的歌詞像他的人生、他的音樂一樣變化多多，變化不大的是技巧都是超現實主義的潛意識意象營造為主，但關注主題從由伍迪．蓋瑟瑞（Woody Guthrie）而來的對美國底層生活的關注，去到六〇年代最重要的人民抗爭，他憂時憤世但又冷言調侃，充當的是一個類似莎士比亞戲劇裡小丑的角色——他們是最辛辣的行吟詩人。

但從《Another side of Bob Dylan》這張專輯開始他開始為自己寫作、走進自己的內心最深處，並且流露出他日後越發突顯的反對姿態：反對聽眾和評論家對他的強行定位、甚至還反對自己。把他的反對姿態與介入時代兩者結合得最好的是隨之而來的兩張插上電吉他、「背叛民謠」的《Bringing It All Back Home》和《Highway 61 Revisited》，那裡面句句是內心幻象但又讓人深切地感到時代之痛。此後狄倫還在這樣的路子上若即若離地走了很遠，除了曾經因為成為「再生基督徒」而讓一九八〇年前後幾張專輯帶上宗教色彩以外，他的歌詞依然保持一貫的懷疑主義精神，也保持一貫的優秀現代詩水平——因此前些年他不斷被提名諾貝爾文學獎，我一點也不吃驚。

巴布．狄倫還在寫下去，以歌、以詩、以回憶錄甚至小說的方式，他時而回去民謠草莽之根，時而狂奔到蘭波的幻象國度，時而則在摩登都市的霧與人海中浮沉……這些都是他質問自己的方式，他也越來越樂於在自身的深淵裡暢泳，喃喃自語而不管我們是否能聽懂。但就像我十五年前寫的一首獻給他的詩〈六〇年代的老巫師〉結尾所說：

緊靠著他一點沙啞的灰燼
遠離六〇年代和殘餘的中年肚子
在偏僻的北京或香港

緊靠著，緊靠著他一點破裂的詞語
青年們被吃剩的翅膀骨頭無法入睡。

——被他喚醒的我們，本身將構成他最多義、有無限變奏可能性的一首詩。

2

我生也晚，錯過了那個抗議與愛的時代。第一次聽到巴布．狄倫的一張早期專輯時，狄倫的聲音讓我吃驚，二十出頭時的嗓音已經老韌如一個飽經江湖的老海盜。聽著那彷佛對這個世界毫不買賬的嬉笑怒罵，你不得不承認，他早已歷經滄桑、熟悉時代的賭局。那時的巴布．狄倫對我最富有魅力，他既是如他所唱的〈Mr. Tambourine Man〉一樣是一個神祕的引領者，又是〈暴雨將至〉中那個與你一起走進黑暗森林的戰友。他的音樂則從俐落直率的木吉他口琴式布魯斯，發展到電流激蕩的民謠搖滾，甚至還帶上六〇年代不可缺的迷幻氣味。二十到三十歲之間的巴布．狄倫，一開口就是風起雲湧。

和其它聽巴布．狄倫的前輩不一樣，我是同時接觸六〇年代激進的他、七〇年代反思的他、八〇和九〇年代「墮落」的他的。但因此我能擁有一個最多面體的巴布．狄倫。從一九六一年，〈Song To Woody〉的淳樸剛毅；一九六二年，〈Blowin' In The Wind〉的憤怒哲言；到一九六三年，〈The Times They Are A-Changin'〉的前瞻號召。到民謠時代結束，電流像更多變的意象和節奏使詩歌涅槃重生，一九六五年的〈Mr．Tambourine Man〉彷彿彩衣魔笛手開啟了一代人的迅猛幻想；〈It's Alright, Ma (I 'm Only Bleeding)〉的犀利反諷；〈It's All Over Now, Baby Blue〉和〈Like A Rolling Stone〉的虛無和絕望；〈Ballad Of A Thin Man〉一針見血的質問；直到〈Desolation Row〉那史詩式的瘋子方舟受難圖！這個時期的巴布．狄倫儼然是我最傾慕的冷面騎士。

後面縱還有〈Blonde On Blonde〉的晦澀自辯、〈John Wesley Hardin〉的幽怨與釋然……巴布．狄倫卻慢慢離我遠去，走回他自己的封閉世界中去了。他最後一次以歌聲打動我，已經是一九九三年那張《World Gone Wrong》和一九九五年那張《MTV Unplugged》，又回到一個人和吉他、口琴的糾纏而生的根源布魯斯，居然還有火氣和血的味道，又有沉澱它們的力道。

但他很快就真正的老去，進入萬馬齊喑的八〇年代之後更是銳氣盡失，交功課一樣交出來的一張張新專輯沒有一張能有當年的驚喜。我在一個抽離的時空中同時聽到不同年代的他，漸漸困惑：此Bob仍是彼Bob耶？慢慢我也在聆聽的道路越走越遠，走到實驗音樂與爵士樂的龐大迷宮去了，巴布．狄倫日漸生疏。轉眼是二〇〇五年，我在北京一家書店看到一本《認識老年痴呆症》的書，封面竟然是不知從哪裡盜來的老狄倫頭像，我幾乎怒而淚下，你叫我情何以堪！那個時候，我的二十多張巴布．狄倫專輯已經在舊居塵封許久。

為了迎接「我的鈴鼓手先生」來港演出這一夜，我搬出了我唱片架上放於最顯赫位置的二十三張巴布．狄倫的各種專輯來重聽。狄倫魔力依舊，沙啞嗓子彷佛依然吞吐著雲彩與大海。十八年前，我第一次在一個澳門電台的午夜節目「另類音樂接觸」聽到巴布．狄倫，我已然意識到，這不是一個簡單的民謠歌手，要聽懂他的歌，需要配備一書庫的二十世紀理想主義兼虛無主義精神讀物作為後盾。下面開列的書單，都是我讀過的書，他們幫助我理解了產生巴布．狄倫的那個火與愛的時代，也幫助了我理解狄倫。

首選當然是《狄倫．湯瑪斯詩選》，就是因為傾慕這個二十世紀最天才的威爾斯詩人狄倫．湯瑪斯（Dylan Thomas），勞勃．艾倫．齊默曼（Robert Allen Zimmerman）才會改名為巴布．狄倫並以此揚名後世，巴布．狄倫從狄倫．湯瑪斯處學到最深刻的是對死亡的思考以及超現實主義的潛意識幻想戲法，狄倫．湯瑪斯比巴布．狄倫濃稠很多也更黑暗，他身上更多二戰的烙印，如此熾熱疼痛以至於詩人在三十九歲便酗酒而亡。

二是《夜幕下的大軍》（*The Armies of the Night*），六〇年代美國反戰運動頂峰——「進軍五角大廈」事件的文學副歌，《裸者與死者》作者諾曼．梅勒❻以親身經歷加以小說化的「新新聞主義小說」代表作。一代青年的憤怒、迷惘與失落在克制的語言背後悸動。巴布．狄倫和瓊．拜亞（Joan Baez）也參加了遊行，並演唱〈Only A Pawn In Their Game〉與〈Keep Your Eyes On The Prize〉這兩首歌曲。

當然少不了回憶錄《搖滾記》，無論我們熱愛、錯愛還是對他因愛成恨，都要聽聽他自己的辯護詞，這是他唯一的回憶錄，呢喃回憶文字如像意識流小說，講述的是時代側面的大霧彌漫，音樂背後的自我拷問與掙扎，是另一種時代的噪音，迷離以至絢爛。

而在格雷爾．馬庫斯（Greil Marcus）的《地下鮑勃與老美國》裡，巴布．狄倫彷彿一個老巫師（雖然其時只有二十出頭），敏感地感知了六〇年代中「美國夢」的激變，《地下鮑勃與老美國》記載的就是這個特殊時刻，以巴布．狄倫插上電吉他「放棄」民謠開始，到他祕密地在地下室「回歸」民謠製造出傳奇的《The Basement Tape》為終，《地下鮑勃與老美國》分析的表面是巴布．狄倫，實際是分析隱藏在人所共知的「美國夢」後面那一個更為複雜甚至黑暗的美國精神。

重遇巴布．狄倫，我依然相信他日益盤結成幽暗森林的大腦裡面的真誠，縱然這真誠他只對他自己負責。他要來香港，我只猶豫了一下就買了演唱會的票，我不是去看自己的青春，不是去看神話時代的圖騰，也不是去看這群終於有了懷舊本錢的老哥們一起以淚水和吹牛逼來互相取暖，我就是去看這個老得可以上《認識老年痴呆症》封面的老頭，他將如何再一次反對我們所有人，在風暴眼的中心蹲下，用內心的暴雨洗刷屬於他的時代和詩篇。

❻ 諾曼．梅勒，Norman Kingsley Mailer，1923-2007，美國著名作家、小說家。作品主題多挖掘剖析美國社會及政治病態問題，代表作是一九四八年出版的第一部著作、以第二次世界大戰為背景之小說《裸者與死者》（The Naked and the Dead）。

狄倫反對狄倫

1

諾貝爾文學獎頒給巴布．狄倫的結果一出，不少看客和傳媒都用了「竟然」這個詞來形容自己的無知，其實「竟然」無錯，我想說的是：諾貝爾文學獎竟然到二〇一六年才肯頒給巴布．狄倫。

這是一個遲到差不多半個世紀的獎，早在一九六三年，他創作偉大的《The Times They Are A-Changin'》專輯，此後一再反對自己，寫出《Another side of Bob Dylan》、《Bringing It All Back Home》和《Highway 61 Revisited》的叛逆三連作之時，他已經成為那個時代當之無愧的詩歌之王。他不只影響民謠和搖滾音樂，不只影響後垮掉派的文學青年，更觸動整個六〇年代的亞文化、青年政治態度，成為一種立場一種清醒，面對整個時代的紛紜驟變，他說「我不需要氣象預報員來告訴我天氣」。

一個偉大的詩人影響自己的同代人，靠的不只是偶像式的精神感召，而更需要犀利、準確的詩句。巴布・狄倫難得的是，他本來可以靠舞台吃飯的，卻擁有可以比肩所有幕後創作者的才華，他的名曲的歌詞都可以抽離音樂單獨成篇，而到了他後期創作，他的歌詞甚至成為與陳舊的音樂風格構成反諷張力的魔術棒。但他始終意識到，音樂是他啟動巫術的誘餌，無論民謠還是迷幻搖滾還是融合風格都是他的神祕儀式的第一步：催眠，他催眠的目的卻與大多數搖滾音樂不同，他是為了讓聽者最終清醒，他的清醒劑，就是那些表面上是超現實主義自動書寫產物的詩詞。

他既是一個詩人又是一個反詩人。巴布・狄倫寫著與西方現代詩歌史完全不同的詩、格格不入的詩，無論隱喻、戲劇性和敘事方式，都和自新批評派已降的學院現代詩傳統相悖。他的意象傳統更接近西班牙詩人羅卡和威爾斯詩人狄倫・湯瑪斯，還有猶太詩人保羅・策蘭，他像他們一樣善於驅使那種既是封閉又是澈底開放的意象，憑高度敏感的語言直覺走進時代的黑暗之心，對於試圖借助理論、學識去

拆解他的人他報以白眼，只有你放開自己的執念，打開全身被時代咬噬得傷痕累累的痛，你就能感受像這樣的詩的魅力

比如巴布．狄倫最偉大的一首歌〈暴雨將至〉，它擁有一首傑作的諸多素質，糾正著一個世紀而來陳腐的學院詩歌教育和民間詩歌意淫造就的種種對現代詩的錯愛。一首傑作應該就是這樣：沒有廢話、沒有說教、沒有賣弄，直取世界之精神亂麻的核心。它既屬於它所在的時代，又屬於其他的時空。〈暴雨將至〉當年也許被解讀為一首反戰詩歌，現在可以解讀為末日詩歌，又可以解讀為日常的悲劇，「一萬個人在耳語但沒人聽到」，那不就是我們在社交媒體上自娛的可悲狀態嗎？

這樣一個詩人，注定難以有同類，誤讀而來的崇拜令他厭惡，所以他雖然沒有像保羅．策蘭那樣直接中斷生命，但他也畢生都在反對「上一個巴布．狄倫」，這也是一種詩人的革命行為。

而詩人，注定是他的終極宿命。在民謠界視他為欺師滅祖的叛徒，搖滾界視他為老朽泰斗的時候，諾貝爾文學獎還給他一個公道，重新喚起了他的詩人身分。我曾戲作《巴布．狄倫列傳》如此：「白狄嵐者，又名巴布．狄倫，曾歌〈於風揚之〉、〈狂霖即注〉、〈豈如滾礌〉等曲，其言志猛也，勢狂狷也，世人推之為一代之

巫，群興怨之大成。嵐恆厭之，改謠為滾，復棄滾就布魯斯，人莫名其妙也。終以詩人傳世，余風激蕩數代，然繼之無人。贊曰：其心蠱，其詞絕，出入大千相，無門可立雪。」意外預言了這一點。

「言志猛，勢狂狷」聽起來就像一個忠實於儒家狂士傳統的詩人所能為，強調的是他的詩歌介入現實又超然於現實的勢頭，「一代之巫」、「群興怨之大成」點出作為具有民謠精神的詩人那種預言真相、啟示眾生的魔力，雖然狄倫本身不喜歡自己這樣。「其心蠱，其詞絕，出入大千相」則是最深處的狄倫，他眩惑於自己和世人心相的荒謬，但用最意想不到的表達方式進行一劍封喉式的言說，但這樣的詩人在所謂的文學界是不可能有同道也沒有後繼者的，他承受的人間經驗太暴烈。

其實巴布．狄倫本人，也在七〇年代就已經幾乎把自己燃燒殆盡，其後的他依靠反對自己的各種面目而綿延創作，倒也是難得。甚至到了他前幾年最嚴肅的文學作品：自傳《搖滾記》，他依然不按常規出牌，「搖滾記」的命名客觀地把主題定在時間而非故事上，他採取的是普魯斯特《追憶似水年華》般的筆法，隨意漫遊、左右逢源，突出哪些貌似無歷史意義的瞬間，隱藏那些讀者期待的重要時刻……這種狡黠也源自他作為詩人的自我意識：那就是不屈從於所謂的潮流、亮點，只忠於自我對世界的赤裸感受，忠於真實。

我不指望狄倫會像沙特那樣高姿態地拒絕這種「官方榮譽」，畢竟他是一個老江湖——褒義，是見慣風浪而不是避慣風浪者。巴布．狄倫獲得諾貝爾文學獎對文學獎的意義遠遠大於對他自己的意義，他的人生在最後階段又獲得了一項足以給他自我諷刺好幾年的桂冠，對於我們詩人以及廣大文學愛好者來說，卻是一個反思詩人何為、詩歌是否有原罪的契機——比如說最直接的一條問題就是，巴布．狄倫的詩都有上百萬千萬的讀者，那麼詩的大眾性是否還應該被現代詩所鄙夷拒斥呢？又及，詩人如巴布．狄倫，是否擁有反對自己的詩的權力？這些，都是過去十年的文學獎邏輯中，未曾想過的。

2

其實巴布．狄倫獲得諾貝爾文學獎，我無論作為一個他二十年的鐵粉還是作為一個詩人都感到興奮無比。不是因為他終於獲得「官方」肯定，就算沒有諾貝爾獎，巴布．狄倫早已是五十年前的反叛文化的無冕之王。這個遲到的文學獎，展現了諾貝爾評委會所代表的「高級」文學再一次承認自己的狹隘，從廟堂之上再次向鄉野的蓬勃之道遞出了和解的橄欖枝。

禮失求諸野，為什麼說再次，因為起碼在一九九七年，諾貝爾文學獎評委們就曾如此謙虛地「屈尊」把獎項給予了一位一直在民間創作的「戲子」。今天在為巴布．狄倫喜悅之時，必須先向二十九年前獲獎的義大利戲劇家達里奧．霍致敬，後者恰恰在前者獲獎的同一天辭世。

達里奧．霍與巴布．狄倫，他倆有著同構的意義，達里奧．霍一直以草台班子的小丑自居，當年諾貝爾獎授獎詞稱「因為他繼承了中世紀喜劇演員的精神，貶斥權威，維護被壓迫者的尊嚴。」就是認可他這種說真話的限小丑角色。今天的巴布．狄倫，在諾貝爾文學獎眼中，首先是一個吟遊詩人，承接荷馬乃至蘭波、布萊希特的傳統，把民間的脈動賦予新的表現，對此，正統文學應該受一棒喝。

諾獎消息一出，最受「正統」文學觀念荼毒的某些中國寫作者、讀者怨罵連連，表示不能理解，這於我完全可以預見，因為巴布．狄倫和他們生活、創作在完全不同的維度上，即使他五十年前所寫的詩歌，內裡承載的革新和質疑精神，都遠遠超越今天的保守者上百年。不少中國作家因為觀念的拘謹和耳朵的狹隘，對他太多想當然，以為巴布．狄倫就象徵了搖滾，從搖滾他們就想到放縱，從放縱他們就想到俚語、毒品和性……

即使讚美他的話也充滿對他的誤讀，比如詩人于堅的說法：「獎給了靈魂，沒有獎給修辭或觀念……這是向垮掉的一代，向六〇年代，向浪漫主義，向波西米亞，向嘻皮士，向口語一一致敬。」姑且不說「靈魂」的隱喻就是一種修辭，熟悉巴布．狄倫的歌詞的人都會被他獨創的隱喻方式、反諷修辭、懷疑主義觀念所震撼，至於說他一直「被代表」的六〇年代、嬉皮士精神，狄倫本人深惡痛絕，堅持撇清關係五十多年了。

浪漫主義更是與他格格不入，在狄倫哪怕最正經的情歌或者宗教之歌裡，他都保留著一絲嘲諷和冷酷。至於口語，狄倫的詩歌裡混雜著大量蘭波、狄倫．湯瑪斯已降的超現實主義典故，和卡夫卡、金斯堡等呼應的猶太典故等，他的口語完全是個人化的、繁複曖昧的，抵擋著公共解讀。

與其說巴布．狄倫是一個詩人，還不如說他是一個反詩人——他反對著傳統的對詩人對詩的想像。我想起他最「矛盾」的一首歌〈Just Like a Woman〉裡唱的：

She takes just like a woman.

She makes love just like a woman.
And then she aches just like a woman.
But she breaks just like a little girl.

我也可以說巴布．狄倫他諷刺時像一個詩人，他愛和恨時像一個詩人，他在舞台上哀傷時像一個詩人，但當他面對世界開始寫作的時候，他卻像一個不懂你們的詩為何物的孩子。而這個孩子比那些熟練的匠人都看得清楚，他十幾歲已經像洞察世事的老人（無論滄桑的嗓音還是從容的文筆），但一直意氣風發，凌越於表面的文學性上，這樣的人，在美國我只能找到惠特曼和凱魯亞克。

巴布．狄倫是一個表演藝術的多面手，也許他更願意稱自己為雜耍藝人，這一點在他的詩歌裡更有文本上的呈現。他如布萊希特和艾略特，也善用戲劇性在詩歌中，但他的戲劇是碎片化和即興化的，像馬戲團的靈光一閃而不是大劇院裡的光影交響；他和美國現代詩歌傳統一樣擅長敘述，但他的敘述方式是突襲式的，犀利準確地從芸芸眾生當中抽取一些樣本，而這些樣本的小小舉動卻讓聽者對號入座、難以釋懷，比如他名作〈Ballad of a Thin Man〉歌中的Mr．Jones，就是描述一個不能以直覺了解一九六〇年代反叛文化的典型中產男人，但這個男人在今天的你我當中也能找到呼應。

當然，作為一個走唱了六十年的歌者，音樂狄倫對於詩人狄倫的影響是深入骨髓的，這包括了技術層面和精神層面的影響。美國民謠音樂對日常生活的觀察體現、對民生、政治議題的即時反應，這些都在巴布・狄倫早期「訓練」了他，讓他成為一支自如的風向針，難得的是狄倫同時吸收了民謠「放任自流」的自由性，使他的詩歌枝蔓橫生，如逢源活水。如果說民謠時期是他靠攏美國左翼意圖啟蒙民眾的政治解放的時期，當他轉向迷幻搖滾的時候，他澈底打開自己的想像力，與幻覺者蘭波通靈，實行的是心靈上的解放。

但即使在他最面向公共議題的詩歌裡，也有一個獨立的懷疑主義者在旁邊沉思和插科打諢。巴布・狄倫的猶太人因素、馬戲團雜耍者因素是他身上的卡夫卡，與那個美國森羅萬象的歌唱者惠特曼互相拉扯，因此我們感受到巴布・狄倫的獨有魅力：他從不輕易判斷某一事件和風潮，只是冷冷地講述與點撥。惠特曼加持著他的自信，卡夫卡則永遠讓他保持清醒。

可以這樣說：他曾經鯨吞時代，卻反抗時代的鯨吞。巴布・狄倫是永遠的獨立者，自我反對者，就從他每次演唱會都故意把名作如〈Like a Rolling Stone〉唱跑調就可見一斑，曾經的巴布．狄倫反對全世界，現在的巴布．狄倫連那個反對者巴布．狄倫都反對。諾貝爾文學獎頒發給一個這樣充滿「矛盾能量」的作家，上一次是卡繆，適逢其時地向追求非黑即白的冷戰時代亮出了文學應有的態度，這次頒獎，送給充滿偽詩意、自我陶醉的網路時代一個真正的詩人，且看你們能否承受他的白眼。

無數狄倫，無數詩與歌的交叉曲徑

二〇一六年的冬天，巴布．狄倫的歌聲與文詞包圍著我，他獲得諾貝爾文學獎以及之後此起彼落的風波，讓他差點成為他早期民謠裡質疑和叛逆的對象。不過巴布．狄倫最擅長的就是反叛，一九六六年他在曼徹斯特接上電吉他時聽眾朝他大喊「猶大！」言猶在耳，諾獎之後他的變化，有人覺得是老狐狸的出爾反爾，有人覺得是老法師的禪意，其實熟讀他的文字世界就會知道，巴布．狄倫兩者兼之。

二〇一七年我最後的閱讀，就獻給了簡體中文譯本的巴布．狄倫詩歌集，一套八本之間波瀾起伏，簡直像目擊美國半個世紀的精神史，也更為了解這個我青年時的絕對偶像的十八重人格。他在四十二歲時已經好像經過了好幾個人的生命，這麼看來，與那時的他同齡的我還得再加折騰，才能成活。

不過，置換到了中文世界的巴布．狄倫，使閱讀語境變得更為複雜。其實這也是樂趣之一，以前讀英文版的巴布．狄倫歌詞集，總是免不了腦子裡響起熟悉的配樂伴奏，多少意象就伴著鏗鏘音韻奔跑過去了，中譯本提供了一個疏離的可能——這就好像在宋朝聽宋和在現在讀宋詞一樣，早在清朝就有詩人指出，當詞不是唱出來而是只能閱讀的時候，它喪失了藝人的音樂卻更接近文人的詩，這孰好孰壞？

老實說，這些「詩歌」的質量比較懸殊。讀到半路，我懷疑我讀了一個假的諾貝爾文學獎詩人；讀到最後，我才覺悟我讀到了一個真的巴布．狄倫。畢竟，狄倫有過這樣的名言，當一個記者問他：「你覺得自己是不是一個詩人？」他說：「不，我當然不是，我甚至不是一個哲學家！」——這一個「甚至」，可圈可點。

其實簡體中文版極其獨特的薯片包裝袋設計，就構成了一個巧妙的反諷，說到底巴布．狄倫屬於流行文化，諾貝爾文學獎把他拉上文學聖殿又好、中國的諾獎崇拜者進一步神化他又好，他的獨特性依舊是基於六〇年代以來的民間文化；同時，無論他自己是否一個特立獨行的詩人都好，他置身在龐大的流行樂工廠之中已經身不由己，他不可能徹底拋棄唱片工業和粉絲文化，他只能隱晦的挑釁你們，且當他胡言亂語也是一種反抗好了。

巴布．狄倫獲得諾貝爾文學獎的時候，我就說過，他僅僅憑〈Blowin' in the Wind〉、〈A Hard Rain's A-Gonna Fall〉、〈Like a Rolling Stone〉、〈Ballad of a Thin Man〉、〈Desolation Row〉這些六〇年代的摧枯拉朽、狂飆突進的作品就足以問鼎諾獎，瑞典人遲到了半個世紀，也許等到他晚年一本回憶錄《搖滾記》才提醒了他們他的偉大。但是如果縱觀巴布．狄倫的全部作品，他作為一個詩人有著不少「汙點」，好詩和壞詩的比例，甚至不到五比五，大概是四比六吧，比柳永強。

雖然奧登說過：「不能說一個大詩人寫得比一個小詩人好，相反，大詩人在一生中寫的壞詩，極有機會多過小詩人……大詩人的成熟過程必須持續至他逝世」，巴布．狄倫的失準之時還不如一個小詩人。當然，詩作的不穩定也顯示了他作為吟遊詩人的特質，有趣的是當他的音樂保守之時，他的歌詞也隨之平庸，他的音樂激進時，他的歌詞絕不甘心滯後。所謂文章憎命達，詩人成名太早，太一帆風順的話並不好，「幸好」，命運還是給狄倫安排了一些坎，一再讓他在醉意或者打盹之中驚醒。

眾所周知巴布．狄倫的五個時期，在這套詩歌集的八本裡也有很明晰的對應：

一、抗議民謠時期，是《暴雨將至 1961-1963》；二、叛逆搖滾時期，是《地下鄉愁藍調 1964-1965》和《像一塊滾石 1965-1969》三、福音時期，是《敲著天堂的門 1970-1975》和《慢車開來 1975-1979》；四、福音與世俗時期，是《帝國滑稽劇 1980-1985》和《紅色天空下 1986-1997》；五、隨心所欲時期，《愛與偷 2001-2012》至今。

第一第二時期當然是巴布．狄倫詩歌創作的黃金時代、井噴時期，傑作紛呈，琳琅滿目之餘，也奠定了他一生優秀詩作的必備要素。簡要言之，是美國流浪漢文化的江湖智慧，加上法國早期鬧劇式超現實主義如洛特雷阿蒙、《烏布王》，當然還有蘭波。在這些混雜詭異甚至有點暗黑的基礎上，巴布．狄倫巧妙調撥，有時候是史詩沉吟的力拔千鈞，有時是小丑式戲弄，完成了他這張無以名狀的藏寶圖。

江湖智慧從他一開始混的時候持續到他功成名就、改信基督的時候，「勇士用劍殺你，膽小鬼則用吻」，「你惦記著黃銅鈴，你忘記了黃金律」這樣的諺語體甚至出現在他最乏味的「福音搖滾」歌曲中。但在馬戲團哼唱這些與在教堂一本正經宣揚可是大不相同，因此他的所謂「基督教三部曲」是他最糟糕的作品，任何當代藝術成為宣傳都很糟糕，無論宣傳什麼，智慧如狄倫也逃不過這陷阱。

是的，馬戲團。狄倫的超現實主義有著馬戲團的純粹快樂，演繹現代的黑神話，可惜部分譯者為了達到他們心目中的「搖滾樂」的想像，把那些語言的雜耍翻譯成了數來寶。其實那是一種波赫士式的羅列癖，狄倫總是用極端小眾的名詞（典故、地名、人物）來講述最大眾的夢魘，因而富有聖經的啟示錄隱喻氣質。聽者因此極其容易被迷住，因為詩人好像在和你單獨交換一本只有兩人知道的密碼本。

這次閱讀，給我最大的得著，是發現了我曾經非常厭惡的中年時期狄倫的另一面。經歷過懷疑的信仰更好，經歷過信仰的懷疑更妙。一九八三年出品的《異教徒》（陳震譯）裡，四十二歲的巴布．狄倫，反思宗教、以色列、美國甚至最早質疑全球化的歌詞一點不比早期差。他說他的同信仰者「一路唱著〈奇異恩典〉去瑞士銀行」。

「有人用我的嘴說話，我只聽到自己的心／我給大家都做了鞋子，甚至包括你，而我依然赤足走路」——《我和我》是一個很好的象徵，從一次四十二歲的豔遇開始，思索自己過去與未來的堅持，那張專輯和其後幾張裡面的好詩都在自我實驗如何治愈他自己的中年焦慮，嘗試進入更多人的生命，咆哮更多悲劇。

敘事混雜抨擊始終是他的強項，無論是對現實還是虛構，許多亡命之徒的生，許多墮落而美的姑娘，許多美國野史的幽暗角落，建構了龐大的狄倫世界。即使他抒情，也是如「蝴蝶夫人哄我入睡／像一條古老的河流／如此寬廣而深邃／她說：『放鬆些，心肝兒，這兒沒什麼值得偷的』」這種帶有敘事背景的抒情，這一招，在其後的湯姆．威茲（Tom Waits）那兒發揚光大。

如果要在這煙海浩淼的、泥石俱下的詩歌中選一些精華之作，我會推薦後象徵主義的專輯《全數帶回家》（陳黎、張芬齡、胡續冬譯）和《像一塊滾石》（包惠怡譯）、黑色浪漫主義的專輯《渴望》（曹疏影、厄土譯）、以及最地道的時代之聲《自由不羈的巴布．狄倫》、《時代正在改變》（陳黎、張芬齡譯），這幾張專輯裡面基本都是好詩。《約翰．韋斯利．哈丁》（胡續冬譯）裡的〈移民之歌〉也是一首傑作。

哦，當他們拆掉帳篷
我聽到森鴞在歌唱
枯樹上空的星辰
是他僅有的聽眾

深膚色的吉普賽姑娘
善於炫耀她們的美麗
我告訴你一件事
沒人能把藍調唱得
像盲歌手威利．麥克泰爾一樣

《異教徒》裡這首〈盲歌手威利．麥克泰爾〉是巴布．狄倫演唱會最常見的保留曲目，我曾經在二〇一一年他的香港現場聽過。詩言志，成為威利．麥克泰爾這樣的人似乎就是巴布．狄倫的畢生理想，而早在第一本《暴雨將至1961-1963》裡的「早期作品選」（奚密譯）他已經達到。那是巴布．狄倫最迥異於現代詩的魅力，因為它們完全屬於傳統，布魯斯藍調並不唯新是舉，然而卻像葉芝改編的凱爾特民謠一樣，擁有現代詩久違的清新，這何嘗不是垂垂老矣的諾貝爾文學獎最渴望的呢？

在地下

二十多年前，我被地下絲絨樂團（The Velvet Underground）深深蠱惑，為他們寫下一首詩——〈你淺淡幽藍的眼睛〉：

穿越絲絨地道，像迷失的潛行者
穿越黃金閃爍的水域

穿越Lou的吉他，穿越John的提琴
還是看見了你淺淡幽藍的眼睛

縱然隔著紐約三百層沉落的濃霧
縱然隔著弦上的鏽，鼓槌的散斷

眼睛中不是歡樂，也沒有悲傷
每天穿越絲絨地道，安睡在核桃的中心

遠離月球三百萬公里，還是夢見你
流浪天涯的聲音，獨自盈缺的聲音

絲絨這麼溼潤，眼睛這麼明亮
我願赤裸著播下我黑暗如種子的身體

穿越Andy的泥土，穿越Nico的礫石
還是長出了你罌粟盛放的眼瞼

遠離世界三千光年，我們的靈車已經失控
天堂被雨水打溼，潛行者醉倒在
雲朵邊上

還是呼吸到露珠中的陽光
還是看見了你淺淡幽藍的眼睛
穿越絲絨地道，不再敲響世界的門

說是蠱惑一點也不為過，地下絲絨樂團像極了一群印地安巫師，即使使用的是即興的吉他催眠（我喻之為紐約三百層沉落的濃霧）、時而失控的白色噪音（我喻之為我們的靈車），混雜著音樂盒般的鈴聲清脆，再加上路．瑞德（Lou Reed）放浪自流的呢喃抒情，約翰．凱爾（John Cale）的小提琴不斷回旋。當年一個二十歲的孤獨青年，絲毫也不想拒絕這蠱惑，索性向之敞開自己的靈與肉，任由那失控的靈車帶他到達一個簡陋的天堂——天堂又如地下道，金黃的雨水也等同於滴瀝不已的積水。歌者彷彿在睡眠中歌唱，他在積水中央入睡，夢見了我們的流浪生涯，正如卡夫卡所說：「我們躺著，唱著，年復一年。」

「你淺淡幽藍的眼睛」指的既是歌曲〈Pale Blue Eyes〉，也是我們對德國女歌手妮可（Nico）的傾訴，這個女子的憂鬱和冷傲一點也不遜色於卡夫卡的女歌手約瑟芬，悲劇也不亞於。一九八八年，她猝死在大街上，無人知道她是誰，無人知道她被那麼多孤獨者愛過，並將在十年後出現在我的兩篇小說裡，作為小說中的「尚小木」的愛人。

時間的重重漫疊令人傷感，偶爾，我們算錯了時間，卻因此有了一段好姻緣。好姻緣也令人傷感。二十年前，由地下絲絨樂團出發，我重新審視我曾沉迷的搖滾音樂，發現後者的虛偽、商業化和藝術上的保守，他們原來並不前衛，重復著華麗的旋律和鏗鏘的節奏，討好著樂迷的耳朵，成功地成為唱片銷售鏈中稱職的推銷員。

原來地下絲絨的蠱惑，最終是教人清醒。撕去絲絨的裝飾，真正教育了我的是地下的粗礪和決絕。地下絲絨樂團的態度是一個藝術家的態度而不是一個流行樂團的態度，絕不俯就某一種流行的風格，絕不賣所謂樂壇（藝術圈、文壇……）的帳，真實面對你身邊的世界（有海洛英和性交易的世界），在「地上」向你招手的時候保持清醒，甚至對它做鬼臉、豎中指，並且在瘋狂的潮流中從來不忘記你的Pale

Blue Eyes。

在玩夠了以後突然抽身而去，失蹤，甚至死一個慘烈的死，像切．格瓦拉。

這就是我為什麼堅決地站在「地下」這一邊的理由。和地下文化混居、聽地下音樂、讀地下文學……雖然今天「地下」和「地上」的面目已經難以分明，但是我仍然隨時能嗅到前者濃烈的氣味，猶如一塊滾動的石頭，擦著了火爍，瀰漫了焦煙，點燃著奔突的地火。那裡面，有真正的力量所在，永遠變動不居，我願在那裡赤裸著播下我黑暗如種子的身體。

行走的小糖人[7]

「小糖人」從一個祕密接頭暗號、一個傳說，到現在不但南非且在全世界都聞名的歌手羅德里格斯的標誌，讓人想起《聖經》裡的諺語：「一粒麥子不落在地裡死了，仍舊是一粒；若是死了，就結出許多子粒來。」

羅德里格斯六〇年代末在美國出版唱片《Cold Fact》，銷量少到被唱片公司老闆

---

[7] 《尋找甜祕客》（Searching for Sugar Man）是一部由瑞典導演馬利克．本德傑魯（Malik Bendjelloul）執導、製片、編劇和剪輯的英國和瑞典紀錄片。故事是圍繞著尋找音樂人西斯托．羅德里格斯（Rodriguez）展開。兩名位於南非開普敦的音樂粉絲探尋羅德里格斯自殺謠言的真實性，開啟了一段神祕的傳奇故事。片名來自羅德里格斯一九七〇年第一張專輯《Cold Fact》中的第一首歌。二〇一三年，此片在倫敦舉辦的第六十六屆英國電影學院獎獲得最佳紀錄片獎，並在第八十五屆奧斯卡金像獎上獲得奧斯卡最佳紀錄片獎。

嗤之為只賣出了六張，這個老闆應該是他在《Suger Man》裡面唱到的小糖人的虛偽朋友之一，他把小糖人扔在塵土路上，使糖人的心變成了烏黑的煤球。羅德里格斯從此回到勞工階層一直從事體力勞動至九〇年代，就一個歌手而言這樣的境遇應該算是「不落在地裡而死」了。但誰也意料不到，這粒麥子落了異地——它漂洋過海去到仍然是種族隔離時代的南非，落地結出許多子粒，這唱片被盜版傳播成為一代南非反叛者的聖歌，羅德里格斯被虛構出各種傳奇甚至死訊……直至九〇年代末，一個南非歌迷異想天開設了尋找羅德里格斯的網站，碰上了羅德里格斯的女兒，從此羅德里格斯的命運大逆轉……

以上是《尋找甜祕客》的表面故事，如果只是看到命運大逆轉這樣的戲劇性，這部音樂紀錄片也許就和很多勵志傳記片相似了。但是羅德里格斯的言行和他的歌都告訴我們不是。他作為一粒飛過天空的麥子落了地，但沒有對大地抱怨半句——無論是底特律務工之地，還是南非黑暗時代之地，還是大逆轉之後榮耀重臨之地，羅德里格斯始終榮辱不驚，這才是他的魅力。這種自在自知的冷靜態度，在他最早期的歌曲中已經飽含，他知此道而一以貫之。

這也是為什麼他的歌曲能夠在黑暗時代的南非成為人民力量所仰賴的祕密。羅德里格斯在美國趕上的是六〇年代的末班車，此時大愛氾濫，嬉皮幾近俗套，抗議民謠和迷幻音樂也陷入了一個進退維谷的境地：沒有方向的人會繼續嬉皮下去，清醒的人要不像巴布・狄倫堅決轉向，要不像菲爾・奧克斯（Phil Ochs）和尼克・德瑞克（Nick Drake）那樣在七〇年代以自殺殉道。羅德里格斯明顯是個清醒者，但他既沒有轉向也沒有殉道，他回到自己歌曲的源頭：底特律的冷酷現實裡去，以肉體勞作方式繼續音樂裡的修行。而在南非的現實中，如果誰要奢談反抗，想像力的修煉正好可以與羅德里格斯的堅毅幻想同行。

「雙手勞動，慰籍心靈」，我想起海子的這句詩，羅德里格斯的心靈能夠一直保持剛強真誠和從容淡定，和他一直在最底層勞動有關。他的兩張專輯的名字都與現實、真實有關，從《Cold Fact》到《Coming From Reality》，Fact-Reality，他的音樂因此有不一樣的底色，雖然他的歌詞明顯出自巴布・狄倫一脈，但綜合了後者早期的直接和後期的龐雜意象，且又放肆其中迷幻的部分。像〈Suger Man〉就是這麼一首典型的後象徵主義作品，令人想起狄倫的〈Mr・Tambourine Man〉，都是帶領詩人出離現實的超驗之物，又是詩人神祕人格的自況，但是手鼓人先生更逍遙，小糖人卻急速如戰士，它要一舉給予所有問題答案——這也是羅德里格斯單純之處。

深思熟慮令人佇足，單純有時反而是力量，羅德里格斯的音樂也如此，那種從民謠、藍調上稍微提升的簡易迷幻效果，Moog合成器的直接運用帶來的粗糙之美，就如他同時代我最喜愛的德國樂隊Can的早期作品一樣迷人，這種粗糙直接回應現實，這是勞動者的迷幻樂，而不是精緻的中產階級靡靡之音酸性音樂。

這樣的歌詞這樣的聲音，組成的是行走的音樂。紀錄片導演馬利克非常敏銳地捕捉到這一點，直接把它轉換成視覺意象：我們可以看到老羅德里格斯不斷地在街道上、雪地裡、廢墟間走啊走，時而艱難時而健步如飛。走過這個世界並大聲發言，這是羅德里格斯從垮掉一代從早期巴布．狄倫承接下來的魄力，從他們的作品、詩歌裡都能看到，他們身體力行體驗了世界之亂象之後，便氣態充沛地指點起這貧民窟一樣的盛世。羅德里格斯歌詞往往是長卷一樣展開浮世場景，他既調侃也落淚，但始終直面沒有迴避。

我想起另一個行走的人，她和羅德里格斯有接近的印第安血統，羅德里格斯祖上來自墨西哥，她來自智利。比奧萊塔．帕拉（Violeta Parra），智利的民歌女皇，她一九六七年自殺的時候羅德里格斯還沒有開始錄音吧？我也是從今年看的一部關於她的傳記片《紫紅色的一生》（Violeta Went to Heaven）知道她，《紫紅色的一生》沒有像《尋找甜祕客》一樣獲得奧斯卡青睞，但它是我今年看過最好的電影。電影開始就是比奧萊塔帶著小兒跋涉在智利的高原荒野中，尋找散落在鄉間那些老民謠藝人——他們就像羅德里格斯一樣勞作在大地之上，以質樸的歌慰籍心靈。比奧萊塔成為了他們的血脈繼承人，把智利民謠和六〇年代南美的左翼鬥爭結合起來——八〇年代的羅德里格斯不唱歌而投身底特律的工會鬥爭，如出一轍，他們秉承的就是民間音樂的精神，坐言起行，事了拂身去，不留姓和名。

羅德里格斯不就也準備好了寂寂無名一生嗎？一個歌者有此覺悟，他的歌最終將征服許多抗爭中的靈魂。他在《Forget It》這首歌和專輯《Cold Fact》的結尾都說了同一段話：「But thanks for your time/Then you can thank me for mine/And after that's said/Forget it」。我們尋找一個傳奇，並非只是要償還他長期埋沒的遺憾，更是要去思考他隱匿時期的幽暗與光是怎樣互相交換能量，從而為我們的黑暗時期找出能量。

迷失探戈

「第一聲風琴越過地平線而來／送出多病的樂曲，它的哈巴涅拉和囈語。／大院裡此刻一致推選伊拉戈揚，某架鋼琴彈奏著薩波里多的探戈。／一家煙鋪像一朵玫瑰，熏香了荒野」——波赫士〈布宜諾斯艾利斯神祕的建立〉（陳東飆譯）。皮亞佐拉的探戈是最波赫士的，隱忍迂迴，但是在最意想不到的地方驟然放開，去到那個神祕主義者才能想像的境地。

從王家衛的《春光乍洩》開始，我聽了上百次皮亞佐拉，但是第一次聽到這樣的皮亞佐拉：大喜大悲的、掙扎的、洶湧的，更像布萊希特而不是波赫士。波赫士不會喜歡布萊希特，布萊希特也不會喜歡皮亞佐拉吧，但是有一個人把他們的手挽了起來：烏蒂．蘭普（Ute Lemper）。

她曾經被告示牌Billboard評為年度最佳跨界藝人，可想而知烏蒂・蘭普是一個百變多面手。德國女孩，畢業於科隆舞蹈學院和維也納的馬克斯・萊因哈特戲劇學院，舞而演則歌之，戲劇訓練加上天生的彈性極大的歌喉，使她極擅於戲劇性的演唱。手頭兩張她演繹寇特・威爾（Kurt Well）歌曲的專輯皆是如此——而寇特・威爾正是布萊希特最佳的作曲家。後來寇特・威爾在百老匯也風靡一時，烏蒂・蘭普也演繹了很多他後期的作品，百老匯情調本為我等不喜，但烏蒂・蘭普和寇特・威爾的德國氣質使它帶上了表現主義的神經質和憂鬱，其中一首〈Youkali〉更是融進了老派探戈的悲愴。

《迷失探戈》是烏蒂・蘭普與皮亞佐拉六重奏合作的世界首演，不少曲目是從未發表的，烏蒂魅如二〇年代歐洲黑白片女伶，在異鄉人的伴奏下唱她柏林小酒館的驪歌，皮亞佐拉的幽靈也搖擺於老歐洲與魔幻南美之間，無法理喻兩者為何結合緊密如此，但細聽又是理所當然。

皮亞佐拉六重奏的探戈樂聲響起時，鄰座的陌生外國女士激動得抓住了我的手，旋即放開，探戈是情熱，更是曖昧。藝術節的完結日將至，香港還是殘冬氣溫，但只消一曲南美洲的旋律，就聽得人漸漸熱起來。皮亞佐拉不講求張揚，六重奏也各有各的暗湧，但烏蒂・蘭普一出場，音樂廳的氣場明顯改變。也許是因為豐富的劇場經驗，也是德國女人的硬度——她令人想起布萊希特的大膽媽媽，歌唱時揮動強壯手腳的力道，嗓音裡飽含皮亞芙式潑辣腔調，當她左手叉腰開唱，你會想這是潑婦、女戰士還是風流蕩婦？

當然我也想起探戈故鄉布宜諾斯艾利斯的「五月廣場媽媽」❽，她們每個星期四到廣場悼念自己失去的孩子；我想起阿根廷人／古巴人切・格瓦拉的媽媽，她去世前因為是切・格瓦拉的母親而被保守派的醫院拒收，她死去時格瓦拉還在剛果深陷困境，她永遠支持她堂吉訶德一樣的兒子。探戈是可以強悍和固執的，皮亞佐拉的委婉，可以化作繞指柔，也能是金剛鑽。這些也是我在布萊希特的詩和戲劇中能看到的女性之力。

烏蒂・蘭普在台上獨白，她說她理解的探戈是「不同文化的做愛」，的確她能隨著變幻的節奏化身為戰前德國的藍天使、混跡哈爾濱和上海的白俄妓女、巴爾加斯・略薩的綠房子畸戀者。更多的時候她在跳一個人的探戈，在柏林跳探戈，跳巴

❽五月廣場母親（Madres de Plaza de Mayo）是在一九七六年和一九八三年間在阿根廷因為反對政府獨裁內失去家屬的人們所進行的運動。

黎的最後探戈——那時她如此絕望和悲涼，當她唱起〈Sourabaya Johnny〉那就是一個十六歲小姑娘的歷盡滄桑；她唱起〈My Ship〉——那完全屬於皮亞佐拉的〈My Ship〉，變幻莫測的手風琴綿綿不絕如風雨，而烏蒂．蘭普卻漸漸高亢起來。

她熟知探戈就是盡情風騷的藝術，更知道風騷背後的冷清，探戈是在欲望的絕望中反撲的技巧。烏蒂．蘭普反覆說到她的柏林，柏林與布宜諾斯艾利斯的交集是什麼？波赫士還是納粹德國的逃亡者？兩者都漸漸進入皮亞佐拉的緊張感，手風琴和鋼琴的跟蹤與追逐之間，真正的逃亡旁逸斜出，那是烏蒂．蘭普的嗓子婉轉不下。德國原來與探戈並非格格不入，他們有一股相同的瘋勁，就像那首聽起來很美國的海盜珍妮之歌，原曲是布萊希特的名詩〈海盜燕妮〉，布萊希特寫了一個渴望復仇的旅館小女工燕妮（德語發音的珍妮）：「他們還不知道，我是什麼人。因為，今晚在港口將有一片喧聲。人們問：這是一種什麼喧聲？人們將要看見我站在窗後邊，人們說：她為什麼笑得這樣凶？」（陽天譯）

但烏蒂．蘭普唱出：「我給你愛，你給我美元，我給你希望，你給我美元——」又像尼克．凱夫（Nick Cave）講述恐怖故事的犯罪歌謠。又像一首醉鬼的夢幻曲，這夜烏蒂．蘭普是用龍舌蘭嗓子唱香頌，張揚開敞，充溢著自豪的紙醉金迷，又有歌劇波希米亞人的那股破爛勁，她唱法語時，法語的韌性完全張開，掙扎著上升，去到強韌的極限；她唱德語時，那些T音竟頑皮跳躍起來，一個海盜一樣的燕妮指揮著身後那六個來自阿根廷的縱火犯！

這一個二〇年代黑白電影才會有的女伶，聲音如夜漸釅。她唱到：「走進生活，太快太快……」、「墜入自由，路帶著我……」她詠嘆不已，彷彿已經迷失在布宜諾斯艾利斯的迷宮中，她的腹語術爵士，會成為盲人波赫士的安慰的。波赫士有一首只有兩行的短詩〈赫拉克利特的悔恨〉：「我曾是那麼多不同的人，但從來不是那個／懷抱著倒下的瑪蒂爾德．烏爾巴赫的人。」這種值得炫耀的悔恨，就是探戈。

舞舞舞吧，直到生命盡頭

很多年後想起二〇一六年，我們會覺得這是意外的一年，一個吟遊詩人獲得了諾貝爾文學獎，一個藐視文明的人當上了合眾國的總統，一個不息歌唱生命的老情人逝於高齡，人們卻像痛惜初戀的少年一樣痛惜他。是的，任何消息都不足為奇的二〇一六年，我們依然為一個呢喃著我們最根本的愛與恨的嗓音的消逝而震驚。

前不久，我有好幾次想起蟄居在希臘小島Hydra交往著來自世界各地的窮藝術家作家、只寫詩和實驗小說的那個李歐納・柯恩（Leonard Cohen）。那一年，他二十六歲。那是一九六〇年代初葉，世界和他都似乎格外年輕，格外無邪。那一個李歐納・柯恩，應該是最本色的他：一個窺見了世界靈光乍現的隱士。

對愛情的洞悉只不過是他最顯露的一面，然而這一面已經夠世人醍醐灌頂。詩三百，思無邪，這是今天我重聽他所有的有情之歌突然有的感覺。但在十年前我的愛人問我：「你會用什麼詞形容李歐納．柯恩？」，我的回答是：「纏綿。」那時我聽李歐納．柯恩已經亦有十年，常常沉溺在他綿綿不絕的意識流敘述中去寫一些同樣載浮載沉的情詩。

「銀河鬆開它的旋臂／附在清泉的臀部，／就如同遙不可及的世界，／還有尚未誕生的世界」；「我跌入一朵郁金香／（卻永遠觸不到底）／或是我衝刺鎮夜／汗水淋漓地交歡／對象約莫大過兩倍的／大熊」，此所謂無邪。在柯恩的詩裡，欲望可以如此天真、又如此浩瀚，就像愛麗絲夢遊仙境一般。相對應的是他的嗓音，從年輕的第一張專輯開始，他就彷彿歷盡滄桑，去到巔峰之作《Dance me to the end of love》，已經是上窮碧落下黃泉似的靈魂之舞。

如果說巴布．狄倫像一個楚辭裡的巫者，李歐納．柯恩更像詩經裡那些漫不經心地掂摸著愛情的絕望魅力的醉歌者。而且，柯恩毫不避諱肉身之愛，性的本質就是愛的本質就是生的本質，這種吊詭的神祕主義體驗類似密宗的雙修戲法，有詩為證：

「我一路喘息／知道進站／進入莎哈拉無與倫比的私密／再把空氣攪進／容易淡

忘的幽暗之繭——／在開悟的祭壇上／我何需顫抖？／我何需永遠微笑？」（〈禪的崩潰〉）

年輕時的詩人李歐納・柯恩希望自己的作品能貼近「有主見的青少年，愛河中痛苦程度不一的人，沮喪的柏拉圖主義者，偷看色情文學的人，僧侶和天主教徒、法裔加拿大知識分子、從未出版過作品的作家、好奇心旺盛的音樂家」，那時他的創作依賴於性、宗教、憂鬱症、生存本能，他知道詩人作家需要挖掘自己最深、最暗的內裡，就像他引用的佛洛伊德：「作家詩人創作時，應該縱容思緒遭雜混亂，縱身躍入混亂的深淵，以期能帶著美妙的東西浮上來。」

而這種豐富和瘋狂的體驗歷程，到了晚年澄明時並沒有被放棄或者否定，李歐納・柯恩使用了一種高難度的升華方式：那就是不升華，忠於基本。就像他早期歌曲憑借最簡單的和弦彈撥、毫不精致的混音卻達到讓人迷幻欲仙之感一樣，這是一種魔法，或者說修行。

——我曾期待這樣一種狀態。如《維摩詰所說經》云：「……天華散諸菩薩大弟子上。華至諸菩薩即皆墮落。至大弟子便著不墮。一切弟子神力去華不能令去。」——何故？「結習未盡，故花著身」，關鍵不是花著身如否，而是你想不想這花離去，花與法本無高下，何謂花不如法？所謂結習者，是弟子們心裡把萬物、物質與精神都分了一個高下的定見。而花既著身，本來也是可愛的，證明這些「覺有情」者還都眷戀塵世，「畏生死故色聲香味觸得其便也」，就跟李歐納．柯恩一樣。

明悟到這一層，就能理解李歐納．柯恩的所有懺情錄的沉重與輕盈。有時你會誤會這種灑脫是一種胡蘭成式的無賴，就像在神奇如天籟的〈蘇珊娜〉裡他所唱：「她喂你茶和橙子／來自遠遠的中國／你正想對她說／你沒有愛可以給她。」但傷心沉痛的真相卻是，你有無量愛，蘇珊娜卻無意接納。因為蘇珊娜是一個但丁的俾亞特麗采那樣的引領者，她帶領你進入另一個悲劇般的幻象：

「耶穌是個水手／當祂在水面行走／祂也花上長長的時間眺望
自那座孤懸的木塔／祂終於明白／只有溺水的人能看見祂
祂說那末所有人都是水手／只有海能讓他們自由
但祂自己卻被毀壞／早在天門大開之前／被拋棄，幾乎像凡人
祂在你的智慧中沉沒／像顆岩石……」

在此處世代的崩毀、信仰的虛脫、價值觀的天翻地覆……統統融入一個渴望不可即、可以性卻不能愛的女性形象中，與其說她是嬉皮時代的女神，不如說她是里

爾克《杜伊諾哀歌》中決絕的天使。她的決絕，把我們棄於自由。

於是我們終於明白晚年的他為什麼常常使用華爾茲作為音樂的基調。一九九九年世界沒有末日，是李歐納．柯恩用一首〈Dance me to the end of love〉（和我舞吧，直到愛的盡頭）帶我們體驗了末日。末日不是終結，是循環，是永劫回歸，一如華爾茲。在這當中那個浪蕩兒科恩，一時是一休宗純這樣的禪瘋子，一時是維庸那樣的絞刑架上的聖愚，在眾生的狂泉之舞以外，他不做巴布．狄倫那樣的彩衣魔笛手，而是做那個始終忠於蘇珊娜的舞步的情人。

森田童子，或日本「安保世代」的告別

日本最神祕的民謠女歌手森田童子離去的消息，隔了兩個月才傳出來——二〇一八年四月二十四日離世，死於心臟衰竭，終年六十六歲——知道消息那天，我正在讀著寺山修司的《扔掉書本上街去》。

一九九三年及二〇〇三年，因為《高校教師》一劇及其續拍的走紅，被選為插曲的森田童子〈我們的失敗〉和〈假如我死了〉讓不少人當成流行的情歌喜歡上了。但森田的氣質與九〇年代迥異，更別說二十一世紀了，她是徹頭徹尾屬於一九六〇／一九七〇的日本「安保世代」的一員，說是該世代最後的圖騰也不為過，雖然她極端低調的個性拒絕這種圖騰化，她也從未確認自己音樂的政治性。

關於她的成名作〈再見我的朋友〉，森田童子給的唯一說法是，這是她二十歲的時候，因為朋友辭世而開始創作歌曲的結果。一九七二年，森田輟學漂泊於各種地下文化圈，她的朋友都是六〇年代日本學生運動的遺孑，那個早逝的朋友是怎樣死去的？是某種挫折下的後遺症？還是死於某種陰謀或陰謀論？但從此他的幽靈一直活在森田的歌中，而且很奇怪地感染了更年輕的日本人乃至我們。

也許他就是一個抽像的鬼魂，代表了慘烈終結而未能安息的一代人。他也許是一九六七年在第一次羽田機場事件被警察打死的大學生山崎博昭，十九歲；也許他是一九六九年東大安田講堂的一個傷者，甚至一九七二年淺間山的冤魂？

張承志在《金草地》裡有大段大段對日本「全共鬥」學生、安田講堂事件的描寫，二十多年前讀到那本小說，那是我第一次感性地接觸到日本「安保世代」鬥爭史，可是那時我已經看過《文革十年史》，我的感受必然和張承志不同，兩種理想主義都有所扭曲，但有人被扭曲得更為不堪。他們的共同之處是最終的失敗，可即使失敗也有不一樣的結局，那邊廂的失敗驟然如山崩，然後死寂數十年；這邊廂卻不接受失敗，一直曖昧期待復甦。

失敗是詩的來源，失敗尋找它的歌者。森田童子第一首震撼我的歌，就叫〈我們的失敗〉，如果沒有失敗，革命注定會成為油光滿面志得意滿的中年人嗎？失敗的切・格瓦拉和成功的卡斯特羅哪一個更美麗？——幸好我已經過去了純粹從美學意義品味革命的那種「情懷」，從森田童子的冷峻苦澀歌聲中，我感到的不是低首舔傷的自憐自戀，而是失敗所能給予我們的清醒、反省。

十年前我要寫一篇關於森田童子的樂評，只寫了一個題目「森田童子：傷痛的力量」，似乎不能說更多——因為森田的歌聲告訴我，即使傷痛本身也是具有力量的，那是怎樣的一種力量？我想用大江健三郎《作家自語》裡對另一個參與運動的音樂家的描寫作答：「武滿徹便擠過我的肩頭來遮擋水柱，但隨即被高壓水柱衝得飛了起來。他可是個非常纖細、肉體如同孩子一般的人，但面對正在噴水的機動員警，卻能夠發出像要刺入對方肺腑、對手不受傷他就不肯干休的喊叫聲，真是個不可思議的人。」

「刺入對方肺腑、對手不受傷他就不肯干休的喊叫聲」，我們可以在作為實驗音樂家武滿徹為《沙丘之女》等前衛電影所做配樂裡隱約聽到，我們也可以在大多數都是平靜、枯寂的森田童子的歌聲中，突然被這種喊叫擊中，然後便是更深的孤寂。

我曾經以為，森田童子的音樂風格來源自七〇年代的迷幻民謠和後龐克，詩人歌手李歐納・柯恩與尼克・德瑞克式沉鬱的喃喃吟唱、妮可式高處不勝寒的冷冽嗓音都收納在她的黑暗中，所以痛徹心扉。但事實上導致這種冷的，主要是歌曲主題與歌詞本身的絕望感，是我們聯想到的大時代背景下、理想主義退潮的徬徨。

那是一種時代的深寒，如果要尋找一個場景比擬，我想起的是《色戒》最後一個鏡頭那即將處決革命青年們的深坑，還有《牯嶺街少年殺人事件》裡白色恐怖刑求室長廊上的大冰塊。

但同時也是這種理想主義，面對深坑和冰塊時曾經的倔強，使她歌唱傷痛、失敗和別離的時候，那脆弱得像一根鋼絲的聲音卻堅韌挺拔，充滿一種背水一戰的決意，這種決意是同時代西方歌者都罕見的。這讓人不禁追問，是什麼使這樣一個孤身歌唱的女子，充滿如此強悍的戰意？

我讀過關於「安保世代」的書大約有十多本，寫得最好的那本是川本三郎的《我愛過的那個時代》。他在書中「罪惡感」一章，引用六〇年代電影《大寒》（The Big Chill）的一個場景說明他作為「安保世代」遺孑的心情：電影裡幾個老朋友參加一位自殺朋友的葬禮，其中一人說，「好朋友死了，我們卻這樣活著，只有他在受苦，我們卻在歡聚，好像對不起他，很有罪惡感（feeling guilty）。」

我當下想到的是森田童子那個神祕的自殺友人，想到森田也是和川本一樣懷著罪咎之情努力活下去的人。但如果說《我愛過的那個時代》是一本懺悔錄，森田的歌唱卻依然飽含著對一代人的肯定、對失敗者的相挺。

「再見」二字是森田童子的歌曲的關鍵詞，出現在她無數名作當中，她似乎一輩子都在和那個時代道別——但從一個創作者的角度看，這恰恰是一種不願意告別、不願意放下的固執，她反覆說著再見，但沒有給自己的回憶畫上句號。

對於「安保世代」很多人來說，一九七二年淺間山莊事件就是那個時代的句號。同代藝術家的反思中，也許若松孝二這一部《聯合赤軍：通往淺間山莊之路》是最令人警醒的，以最殘酷的影像。當革命以追求純粹的名義，去放縱人性之惡，無人敢直面其後果。相對於「聯合赤軍」在淺間山莊的十日槍戰和滑稽的結局，更讓人窺見地獄的是事件過後，在群馬縣山間陸續發現的十四具被「總括」（相當於肅反）折磨而死的青年的屍體。

一九七二年，森田童子的那個自殺的朋友，是聯合赤軍未被整肅的一員？還是目睹理想赤裸裸被「自己人」虐殺而不堪崩潰的一個良知者？聯合赤軍的殘酷非人性，成為日本政府最好的宣傳工具，左翼支持者的人心迅速瓦解，殘餘的各派系只能走向更加戲劇性的道路。赤軍的最後領導人重信房子二〇〇〇年在大阪被捕，在獄中宣告國際赤軍解散，那已經毫無意義，對於「安保世代」，一切都在一九七二年結束。

而森田童子，作為詩人，從一九七二開始。

我們之中
一個人為了留學
剛從羽田機場出發了
另一個人
七二年那年二月
在黑暗的山中迷了路

另一個「安保世代」同代人、少女漫畫家樹村穗（樹村みのり）在一九七四年的漫畫《禮物》裡這麼說。這就是一代人的告別吧，但兩者之間，還有留下來承受革命之痛的，承受夢想之悲的，森田童子這樣的人。

河兩岸，永隔一江水

年齒漸長，與過去的世界，我們隔著不止一條河的距離，也不止雪和霧。最近幾次回北京，都住在三里屯附近一個朋友家裡，窗口可以俯瞰從前的三里屯南街，夜裡看著，肝腸欲斷，想到「當時明月在，曾照彩雲歸」。

今年初春，我在這窗前寫了一首詩〈三里屯上空見雪〉，開頭是這樣的：

三里屯上空的飛碟就要起飛了，
但此刻，薄雪一領如哀幡，
為我重建我的北京。
它貼緊了三里屯南街的傷口捂住了汩汩黑血，

蒼白的手像子夜兩點的「河」摟擁著最後一個我。
我二十五歲的某一個冬夜，薄雪依舊浸淫我薄髮……

要回憶這一切的確很痛。三里屯南街早已經面目全非，「河」酒吧的失去更早於三里屯南街的淪陷，如今它只有在你和我的追憶中，成為未曾親歷這裡的吉他和酒的人的一個神話。我是幸也不幸，青春一年在此消磨，那是二〇〇一年，正如我的另一首詩所寫：「我的北京失落在二〇〇一年，一回回一回回聽那野孩子的歌……」河是三里屯南街的神話，野孩子是河的神話，你我不是神話，是神話中的失蹤小孩。

那時候沒有這麼多音樂節，迷笛僅僅是內部觀摩節目，所以河就夜夜都是我們的音樂節。我和顏峻是離此不遠的十里堡的鄰居，常常約好一起打車來三里屯南街，後來他改騎自行車了，後來我常常一個人來。顏峻、尹麗川、我、還有寫小說的阿美幾乎總在這裡度過前半夜，一般都以河為據點，再遊走於叢林、芥末坊，以親戚互稱，以寂寞者互惜。穿插出現的朋友還有小河、左小祖咒、趙老大、宋雨喆等等許多音樂家，還有詩人馬驊。

音樂當然是我們最大的目的，而且目的基本很純粹，愛情之類的事不常發生。

即使有也往往是一個人在河愛上了另一個人，最後卻以酒醉昏睡告終——假如沒有打架的話。我在河體驗的最高潮不是愛情，而是迷幻，比如說某次王凡的演出，當中我多次出現幻覺，看見一群藏族姑娘在豔陽下吟唱，我淚水流下了，可窗外是濃重的黑夜。凌晨回家，我寫了一首〈給牛頭神的祈禱文〉：「另一個人，他的化身，穿著七彩華服，又像苦麻素衣；當他獨唱時你令酒吧安靜下來／你低頭深嗅我泥濘的鞋子，彷彿沉溺於一盞酥油的燈，／於是有女神們唱詠合聲，層層上升，遠離你睡眠的世界（被你拋棄的世界），／於是我怯怯的說：請再給我一場白鐵般的雪。」

河的酒很便宜，畢竟野孩子都是西北的實在人，我那時在北京的好朋友都是西北人，我也畢竟祖籍武威，所以一群西北人容易大醉，西北人醉後不愛說話。非西北人也會大醉，所以趙老大醉後把他的詩歌手稿全部送給了一個剛剛認識的香港姑娘，一個茶館老闆娘醉後在河的門前跳舞至破曉，馬驊醉後朗誦「中國是個小國家……」，演唱山寨版巴布．狄倫：「敲敲敲，敲響天堂的門兒，嗯，嗯嗯嗯……」我喝醉了，給李商隱打電話，說：「我是夢中傳彩筆……喂，喂喂？」

野孩子好像是河的定風丹，他們酒量好，不輕易醉，他們唱〈黃河謠〉的時候，酒鬼也得嚴肅起來，一時靜默。我記得第一次聽野孩子是二〇〇一年三月二十六日，那天是海子的忌日，我和顏峻、高曉濤這兩個蘭州人作為詩人應邀去讀詩，高曉濤一聽到張佺、小索他們唱：「想起了家想起了蘭州——」眼眶就一下子紅了。而我也聽懂了他們唱了北島的〈一切〉，是夜我朗誦了〈海子十年祭〉：「那死亡的訊息太鋒利——／像時代一樣急速！猛進！卡斷了刃。／那死亡的故事，扎在中國的肚腹上，被脂肪／堵住了，捅不進去。後來／血也沒流。」

但時代在那兩年好像稍稍剎了一下車，放慢了它神經病般的加速度，所以我們得以喘息、醉酒，直到二〇〇三年的瘟疫來臨。梁文道和李照興都說我趕上了北京文藝復興的黃金時代，也對，彼時人心頗安靜，除了音樂和愛情，不為別的事情發狂。野孩子的音樂更是靜中之靜，卻獲得了最大的力量。我手頭只有兩張照片是他們全家福，一張是在當時還沒有紅火的798藝術園區，他們圍蹲在地上全都背對著我，光頭赤膊；一張是在河的演出，他們一貫的低頭垂目斂眉，就像在水聲潺潺中睡著了。他們安慰了我，以音樂的中正與謙謙之氣度，但他們也憤怒，憤怒是樸素的良心，比如說那首〈弄品〉：「你們的手裡都滿下了／把我的姑娘都做著病下了／你們的心裡頭都黑下了／把我的姑娘都做著病下了」。

在詩人不知去向的時代，他們就是詩人。我至今仍讚嘆野孩子歌詞的厚實、透徹，就是一首首好詩，他們改編的西北花兒，一再地更新著意義，像那首〈早知道〉：「早知道黃河的水呀乾了，修他媽的那個鐵橋了是做啥呢呀／早知道尕妹妹的心呀變了，談他媽的那個戀愛了是做啥呢呀」直到今年，我還聽到張佺唱出了新版本。張佺和小索，令人心痛的哥倆，在小索去後我寫過一篇文章〈星散〉，想像他們還繼續在西北趕路、搖鐸采風……二〇〇七年我在麗江意外地遇見張佺，向他打招呼，他卻說我認錯人了。

周雲蓬翻唱王洛賓〈永隔一江水〉，唱得絕望極了，聽得也是。我們和野孩子，生和死，二〇一一年和二〇〇一年，都是河兩岸，總是相違背。二〇〇三年河酒吧轉讓，二〇〇四年底小索辭世，我也終於在二〇〇五年離開讓我愛恨交纏的北京，回到香港時寫了一組詩〈故都夜話〉，其中一首就是寫給河、野孩子及小索的，也悼念三里屯南街的少年罷：

此一夜，鈴兒響，醉擁紅裘；
彼一夜，棋子落無聲，
隔壁的琴師，已成隔世魂。

她若能溯劍而上，定能再見他
〈黃河謠〉中鏽掉了一切的河沙。
但只猶豫了一夜，一切就消失了，
三里屯曾經是荒郊中鬼宅，借了十年華燈
現又打回原形。這柄劍我藏了，
明夜掛之空陵。她若能照，
定能窺見雲月間，流電驚。

詩人左小祖咒的憤怒

左小祖咒在雜誌採訪和微博上自稱「搖滾師」，但他在自己的書《憂傷的老闆》的第一七九頁裡卻不小心透露了真實的自我定位：「我呢？是個詩人，能搞什麼當代藝術？」——但即使如此，他還是說了個詛咒式小謊，他寫詩、搞搖滾，也搞了不少當代藝術，而且在這幾年間變得名聲隆隆。但他說：「人們也許會發現，我並不像他們想像的那樣是個深刻的人，而不過是個搗蛋鬼，只是正好一下子撞在了他們的懷裡而已。」

二〇〇一年我去到北京，最早認識的搖滾音樂人就是左小祖咒。他那時候偶爾住在詩人顏峻家的地下室，而我住在顏峻家附近，認識左小祖咒前，先見到了他的裸體——他參與的著名行為藝術《為無名山增高一米》的照片，就掛在顏峻家客廳，這很多參與藝術家珍而重之的代表作，日後卻成為了左小祖咒反諷的對象：裸體的一堆人換成了一堆豬，命名為《我也愛當代藝術》。晚上見到祖咒，他打車帶我走了好幾家唱片店，為了讓我買到他的正版碟，車費比碟的價錢還貴，可這就是他的執著。

我們有過喝得酩酊大醉一起攙扶著回家的時刻，當然更多的是他在台上「胡喊」（他自己說的）我在台下感動得一塌糊塗——尤其他唱他那些野蠻的傷情歌的時候，比如說〈我不能悲傷地坐在你身旁〉。我說過他是一個溫柔和暴烈的矛盾綜合體。「從〈走失的主人〉到〈廟會之旅〉到〈我不能悲傷地坐在你身旁〉到〈你知道東方在哪一邊〉，左小祖咒完成了從一個單純的後龐克到一個實驗音樂家的轉變，他野獸式的野蠻、湯姆．威茲式的憂鬱、馬戲團魔術師般的虛偽……都顯得和中國當代藝術有點格格不入，但是卻構成了左小祖咒的魅力的全部」這是我在一篇關於我們時代的詩的演講中對他的概括，的確，我也認同他是一個詩人。

他的音樂時而凶猛狂暴時而沉醉不知歸路，在那些紛繁的配器中還會迷路，製作的精良反而稍弱了他一貫的銳利。但他的歌詞卻犀利至今，因為他的自我反諷能力和批判力似乎是與生俱來，同時又帶著戲謔、挑釁甚至無釐頭，他不斷拆解主流價值也不放過自己的欲望、怪誕與虛無。

對於政治，他有他自己的一套處理方法，他的〈代表〉是一首出色的舉重若輕的政治詩：「他們問我江澤民什麼時候也能像葉利欽那樣／我給你江澤民同志的電話號碼你去問他／那是他的事跟我沒關係，我自己還有很多事要忙。／我就這樣地把他們當作他的敵人／我已熟練地掌握了世界／和你們不同」。左小祖咒的政治抒情是反政治，他的諷刺和挖苦深刻有力，但到最後卻指向虛無，天下烏鴉一樣黑，甚至你我都不例外，這是左小祖咒常常強調的。而且他也反對精英和詩人這樣的有所負擔、被人期待的身分，而更願意作一個自由說話的歌者，雖然常常說些古怪、甚至政治不正確的話。

他的〈冤枉〉就說出他的身分，他不希望被冤枉、誤讀：「同志，你糊里胡塗地走上了政治的舞台／你企圖通過短時間的狂嘯來創立經驗豐碑／以便打開隧道通告他們：／旅客同志們，十二節車廂已經失火，／十一節車廂的 馬上就要燒到你們啦！／諸位，我們在地下，不是地下精英，是過道／你不是詩人，你不愛政治，我也不是朋克／我們只是第十三節車廂裡的流浪漢」。

身處第十三節車廂的歌者，他到底是置身事外的流浪漢，還是縱火者呢，唱那首歌的時候的左小祖咒自己恐怕也不知道，但到了人們最基本的權利都被政治輕易地調戲的今天，我想他已經在準備自己最獨特的答案。在《憂傷的老闆》中有一首他寫的詩〈否則我不會殺他〉，最後幾句是：「假如祕密不死於自我敗露／假如矜持容下牧羊人哀傷的歌聲／憤怒怎會脹破我的刀鞘？」這還不是最好的宣言詩嗎？

鳥寫的尋鳥啟事

認識了小河（何國峰）十多年，除了無言喝酒，唯一的一次親密接觸是二〇〇八年在北京迷笛音樂節，聽了趙已然在狂燈淒風中蒼然歌唱，我摟著痛哭的，就是小河。他是這麼一個可以摟著痛哭的人，即使他一會兒笑嘻嘻地唱歌，一會兒在歌聲中窒息。

說小河瘋癲耍狂者，我素來不同意，他是佯狂——佯狂，以忘憂也。唱歌的人是別人的百憂解，他自己沒有百憂解，前兩天在香港藝術節見到小河，白髮更白，呵欠打得更厲害，「還好。」我們到處找人借火點煙。小河送我一本《傻瓜的情歌》，好重的專輯、好重的隨書MP3，好重的十二片落葉。翻開第一頁，赫然發現這句話：「我對這人世的苦難竟有種貪戀」。何國峰在掏心窩子，一公斤的音樂連同專門附送的耳機壓得你耳輪發痛。這張專輯是他最誠懇也是最悲傷的作品。

人生實難，可小河在唱歌。他唱：「每一天都會／奔跑得更遠」，與歌曲的題目恰成反證：〈黑夜就是從很遠的地方跑回來〉，歌聲是飛來去器，在夜空中收割著盡可能多的星光然後回來，同時也收割了無數灰白色野草。一如既往的快樂躍動節奏開篇，還不夠，還加上佛朗明哥式擊掌，一個憂傷的人唯恐別人不知道自己憂傷的時候就會選擇狂歡。小河總是歡快地歌唱黑夜，這是從美好藥店時代就養成的癖好，漸漸地淒厲的笛聲和漸遠的喊聲代替了歡快，背景中分不清是蟬聲還是飛機的聲音像命運的浪潮發著銀光，照耀著長日將盡，來日大難。

來日大難，這首悅耳的噩夢之歌，竟讓我想起某首紅歌〈打靶歸來〉，小時候聽覺得不寒而慄——「打靶」在嚴打的一九八〇年代，就是槍斃的代名詞，這些槍斃別人或者被槍斃的人高興地踏著暮色回家，竟然唱起了「拉索米拉索，米索拉多嘞～」怎一個黑童話了得？小河唱道：「我將成為一個將軍／當每個子彈穿透那靶心」——萬骨枯頓成穿心蓮。

「我對這人世的苦難竟有種貪戀」，這種貪戀漸漸成為歌聲的時候，「我執」倒也可愛起來。「因為寒冷而呵氣成冰，然後只顧欣賞冰的形狀而忘記了寒冷」這是我在另一首詩裡的表達，詩人就是這樣煉成的嘛。

情動於中而形於言，言之不足，故嗟嘆之，嗟嘆之不足，故詠歌之，詠歌之不足，不知手之舞之足之……於是小河乾脆在聲音裡面手舞足蹈起來了，〈WM〉的藏語藏調假像背後，嗓音還在惋嘆，吉他又自顧自的快樂起來，就像一個羅布爾卡的酒鬼歌唱釋然的陽光。〈咯咕鳥〉也是，牢騷難掩調皮，調皮難掩蒼老，蒼老但是此鳥掌握了御風的技巧——他是一隻在風中亂轉的糊塗塌客（Woodstock）鳥，在史奴比（Snoopy）小狗的打字聲陣陣中莫名嗨到抵達雲霄，史奴比是詩人，糊塗塌客卻是歌手——還要我比較詩與歌的話，我就這麼說。

然而嗨歸嗨，憂傷如腳步聲陣陣襲來。〈阿呆和傻瓜〉真是一首絕望的情歌，猶豫彷徨的吉他、枯竭的童話，這些低沉的懇求已經疲憊，最後清脆合唱的是另一個小河。那個小河令我想起科特·柯本（Kurt Cobian）的遺書那著名的開頭：「這是一個飽經滄桑的傻子發出的聲音，他其實更願做個柔弱而孩子氣的訴苦人。」阿呆和傻瓜之間發生了什麼事情我們不必八卦，正如小河在序裡說的，「願這個音樂畫冊，成為一個傻瓜去找另一個傻瓜時，美好的那條路」，這條路之所以美好，是因為月兒始終在照著。

我曾說過所謂七〇後的特質就是我們不能歌唱，尤其不能歌唱我們的青春期九〇年代。但接下來小河冒險歌唱了一把九〇年代，用情歌的幌子。在〈九〇年代〉歌聲的背後是聲聲吆喝，聲聲吆喝是那些代替我們死去的年輕靈魂，為我們的圓舞曲打著拍子——「我從前面摟著你，在黃昏年輕人的眼裡跳舞」。黃昏年輕人，其實就是七〇後的我們，和黃昏清兵衛是一個道理的不合時宜的人。「生活好像總是送給你，送給我們意想不到的禮物。」從九〇年代送到現在，應接不暇但是依舊充滿震撼。這些禮物讓黃昏年輕人變成黑夜年輕人，變成野草，變成野草燒荒的篝火。我們就是歌裡面「蓬頭垢面的野草」，思念著你的腳。

憂傷的人就喜歡標榜自己偏不唱憂傷的歌，即使歌裡滿是愛的困境、愛的執拗，滿是絕望的口哨、音樂盒的寂寥叮咚。情歌的結果往往是出走，所謂愛一個人就讓他自由吧，這只是自由的藉口。〈德波流浪歌〉那才是失戀的人的心聲，老頭子老太婆他們去流浪，是貨真價實的流浪，我只是要出發而已，就像這急速的吟唱、那出發的欲望也迫在眉睫。在這樣的背景下，殘酷的〈尋人啟事〉就絕對成了一首關於游離的哲學詩，背景中隱約吟唱的「dumdumdum去哪兒喲？」流露的是羡慕而不是同情，這些失蹤的人好像都是神奇的人，鳥是不需要寫尋鳥啟事的，還需要最後一句淒厲的叫魂嗎？

糊塗塌客鳥就是來去自如的流浪者，甚至不用跟史奴比打招呼。鳥是小河最愛寫的動物，鳥的意象的發展到壓軸的〈生日快樂〉歌中突然又苦澀起來，「布谷鳥在賣力的歌唱」，為了生日的月兒，也為了阿呆和傻瓜——雖然兩人也許已經最後一次收割對方從此仇深似海，傻瓜還是堅持唱他的情歌：「你呼吸的每一天都是我的禮物，即使我們弄髒了衣服，即使我們點燃了床。」——從未見過小河如此深情，毫無調侃。史奴比們又差點掉眼淚了，掉就掉吧，糊塗塌客鳥喜歡在淚水中洗澡。

離魂歷劫之歌

有三年我三次進藏，為了寫好一本關於六世達賴倉央嘉措的書。三次我帶的隨身音樂都是大忘杠樂隊的《荒腔走板》，不過也有不同：二〇一一年帶的是國內出版的《荒腔走板選段》；二〇一二年帶的是真人版——大忘杠的靈魂宋雨喆直接和我同路，一起去了林芝和山南許多地方尋訪珞巴族和門巴族的歌者；最後我又獨自走了一趟那條路，帶的是德國版的《荒腔走板》——比國內版多了兩首重要的歌〈財神們〉和〈說烏一〉，因此更加完整，雖然離傳說中那個荒腔走板三部曲（包括《三個空行母在商量》，《阿西克城》，《曼陀羅上曼陀鈴》三張唱片）相去還遠。

第一次坐青藏線火車去拉薩，一路聽著荒腔走板一路頭開始暈起來，走到念青唐古拉的時候寫下這樣應和他的句子：聽著宋雨喆的法輪叮噹過了唐古拉／我的眼白戴勝哧啾爆裂了血絲／那個醉臥雪山陰影裡的不是浪子宕桑旺波嗎／他幹嘛牽起了藏獒死勁瞅著我？

在拉薩住在小昭寺街，我繼續聽大忘杠，催谷高原反應，聽到夢裡不知風吹血，醒來方覺梟噬心。聽出了我的組詩〈不度亡經〉的第一首：凌晨我頭痛欲裂，打開窗戶大口呼吸／西邊的死者在為東邊的死者念經／轟隆隆鳥鳴淒切，更崩崩魚肚溢白／哀那那沉河起浪，雨震震睡豹反戈。

我實驗一種文字的荒腔走板，讓它們破碎如八臂哪吒最後由荷花的平靜來彌合，大忘杠在音樂裡的實驗也如是，藏維蒙漢哈，儒釋道雜家，融彙一爐卻有條不紊，丹心中轉如流。第二年在奔波林芝與山南路上，和宋雨喆說起，得知他的核心主要是道家與大乘佛教，眾生平等的樸素信念以眾聲平等的面目出現，喧囂中此起彼伏，大千世界滔滔如來，大逍遙時大悲愴反覆殺至，音樂因之踉蹌嗚咽有時。

在《荒腔走板》的〈財神們〉的英文簡介就是：this version of money gods is based on both taoist and buddhist，道佛圓融，選擇了最世俗的一個神來現身。這首歌的女聲演唱者是央吉瑪——沒錯就是現在非常著名、被粉絲和評委譽為「女神」的門巴族女歌手央吉瑪，央吉瑪不著一絲煙火的嗓音點出了財神也許根本不是物質之神，跟隨在央吉瑪長吁抑揚無盡之後的，是許許多多環境採樣——英文簡介說這些聲音來自從北京到一座聖山旁邊的湖岸之遙，穿越整個中國，包含了街道和寺廟之聲，四野與人類之聲。這些聲音就是財富，各安其神。

我也聽宋雨喆本人唱過此財神歌。那是我們從西藏最南端的錯那縣勒布溝歷險回到拉薩之後，幫我們解決了不少困境的一位西藏的「達人」一定要拉我們去一家豪華的卡拉OK作樂，為了報答他我們只好奉陪。達人的朋友非富即貴，像看兩個珍稀動物一樣看著被介紹為「音樂家」和「文學家」的我倆，旋即有富婆起哄：音樂家帥哥給我們唱一個吧——

我早已托辭普通話不好避過一劫，正想宋雨喆該如何脫身。他豪邁地拿過話筒說那我就給大家唱一首財神們吧！富婆們樂了，還以為音樂家要為她們俗氣一次，誰料宋雨喆提氣開腔如獅子吼，喊出琳琅滿耳如神魔諸名，就像薩滿上身，句句都是你聽不懂的神諭，「來如雷霆收震怒，罷如江海凝清光。」富婆們就只能如山色沮喪了。

其實宋雨喆拖長腔唱的是：「皈命財神尊，至道顯金輪，利益思主宰，雋守福祿門。」是道教玄壇趙公明大元帥《財神經》中首段。央吉瑪頌的是藏傳佛教黃財神咒：「嗡贊巴拉扎連達耶梭哈」。左右加持，佛在跳牆。

「大威德金剛寂滅相，修羅痴念相，喇嘛望天一個火焰相。」我寫哲蚌寺的詩句正好用來形容荒腔走板裡的宋雨喆的唱腔，時而大開大闔，時而威嚴凜然，時而如雪中金剛裸舞一樣有板有眼、儀軌自在。但到了這首前所未有的〈說鳥二〉，一切有為法均彙做一處虛空相，印度女聲拉妮（Rani）的哀吟如引路青鳥，帶出的竟是一種痛苦的逍遙遊：

「鳥兒不用想往哪兒飛／有時飛到懸崖邊／有時飛到浪尖子上
鳥兒不用想往哪兒飛／懸崖上邊採根草／浪尖子上喝口水
金頂上面歇個腳／浪蕩的人頭上叫一聲／飛向上游的鳥在高處聚
飛向下游的鳥在低處聚／只有布谷鳥／在中間飛！」

「在中間飛！」宋雨喆是以幾乎扯破嗓門的吼嗥絕望砰然喊出，帶出其中多少隱情難發，逍遙不能忘記拯救時，便只能在中間飛。繼之是一段道教曲牌「下水船」：「救苦天尊妙難求，身披霞衣履劫修。盂中甘露時常灑，手內楊柳不計秋。五色祥雲生足下，九頭獅子導前遊。千處請師千處降，愛河常坐度人舟。」亦是拯救主題的變奏。佛教音樂早已被世界音樂、新紀元音樂多番吸納甚至濫用，殊想不到最神祕詭異的道教音樂，第一次被大忘杠用進他們的懺悔歌謠中，便顯得如此非凡，砸地有聲，磅礴得完全脫離了世俗想像的道教虛渺。

像是自我安慰，宋雨喆最後反覆唱道：「親愛的別怕，我想為你安心，親愛的別怕，我能為你安心」，我們已經在這首九分多鐘的長歌裡離魂歷劫多少回，終於落定。

好歌如噬夢之貘，起魂鎮魂自若。我和宋雨喆曾經在米林的珞巴族村莊錄音兩日，聽老歌者雅夏傾囊唱盡她記得的所有珞巴創世歌、出獵歌、婚歌情歌，傳說中珞巴女巫擅長下蠱留下過路魂，那兩天雅夏老奶奶的歌聲堪比蠱惑，混雜米林的煙雨長霧，把我們的靈魂勾留了一大半去。今日聽宋雨喆唱說鳥，突然就想起在我們錄音數月後就離世的雅夏，她不是在中間飛的布谷，願她終得逍遙，我們繼續飛。

萬能歌謠，不萬能的青年

嚴冬自港返鄉，坐在穿越珠江三角洲的長途大巴上，夕陽在兩旁綿綿不絕貌似荒無人煙的工業區之上浮沉，耳邊響起萬能青年旅店故作輕鬆的歌聲：「哎，愉快的人啊／和你們一樣／我只是被誘捕的傻鳥／不停歌唱／哎，悲傷的人啊／和你們一樣／我只是被灌醉的小丑／哎哎哎哎——歌唱」，這是這支河北石家莊樂隊的同名專輯的第二首歌〈不萬能的喜劇〉。

而更應景的是「漁王還想繼續做漁王／可海港已經不知去向／此刻他醉倒在洗浴中心／沒有潮汐的夢中／胸口已暮色蒼茫」（〈大石碎胸口〉），林立的豪華洗浴中心，這就是後改革時代中國半發達城市的共同景觀——或這些城市的有志青年的最終結局，作為一個從粵西小鎮出發、在珠海長大、在香港變老的郁悶者，我對河北石家莊的憂傷青年董亞千（主唱、作曲者）、姬賡（作詞者）等深有同感。這是一個時代走向尾聲的蒼莽心象，上一輪殺戮時代中國的凶暴中年們無法理解，下一輪的變態盛世中掙扎求存的九〇後也感受不到，就像另一首〈在這顆行星所有的酒館〉裡面唱的：「青春、自由似乎理所應得／面向渙散的未來／只唱情歌，看不到坦克」。

萬能青年旅店看得見坦克，他們在看得見坦克的華北平原上唱歌，順便哀悼時代。這個冬天讓我百聽不厭、讚不絕口的唯一一張中國搖滾專輯，就是《萬能青年旅店》。現在要動筆給他們寫篇文章，生怕傳遞不出他們的魅力，這種省級城市焦灼的地下文化所帶有的魅力，由這張專輯展現，猶如一部時代活劇，但不同於賈樟柯的七〇年代煤礦小城的美學，更不同於楊德昌的寂靜中死亡之花暗放的戒嚴時代台北的美學，雖然那種青春的殺氣一以貫之，那都是無限憂傷的殺氣。

這魅力首先來自其歌詞，姬賡頗像吟遊詩人，憂傷有度、淪陷也有神奇的舞姿，他掌握的語言魔術遠超目前中國大多搖滾歌詞的水平，列入詩中亦屬佳品。就與音樂的跌宕相符，這些詩句在應該抽離的時刻能從容靜息下來、應該放縱的時刻一決千里氣象紛紜，像「用無限適用於未來的方法／置換體內的星辰河流／用無限適用於未來的方法／熱愛聚合又離散的鳥群／是誰來自山川湖海／卻囿於晝夜，廚房與愛」（〈揪心的玩笑與漫長的白日夢〉）這種氣度，簡直讓人欲封之為石家莊的惠特曼。而結尾的一句「就在一瞬間／握緊我矛盾密布的手」則讓人想起四十年前的北島——「我不敢再和別人握手／總是把手藏在背後／可當我祈禱／上蒼，雙手合十／一聲慘叫／在我的內心深處／留下了烙印」。

好詩在江湖，萬能青年旅店是極佳的例子，如果說第一代搖滾詩人的代表是崔健，第二代的怪誕巫王是左小祖咒，那第三代的飢餓藝術家就是萬能青年旅店，用自身或其家國的悲劇來安慰浮沉在不知所措的命運裡的同代人。正如美國桂冠詩人比利．柯林斯（Billy Collins）的詩云：詩是溺水的藝術，萬能青年旅店表演的也是溺水的藝術，我們都必須下落在這時代國度的重重毒霧之中，但怎樣避免下落不明，又怎樣呈現一個高難度的死狀來為此案作證？從卡夫卡開始我們就在琢磨這個問題。

是誰來自山川湖海？他們就來自山川湖海，混跡於蒼茫中國的滾滾人潮中，面容平靜但內心起伏激蕩，他們和他們的聽眾屬於七〇後、八〇後裡面的最敏感者。能理解這種對現實痛徹心扉而無能為力的敏感，就能理解萬能青年旅店音樂的那種跌宕不已，他們的音樂根源於布魯斯，但更多的委婉和曲折。純熟的吉他能曲盡其妙，小號則如性情中人帶醉行止，弦樂則恰好來扶住它們，這些樂器們的煽動既是哀怒之渲洩，也是治愈。相對於現實的萬萬不能，歌謠的力量彷彿萬能。

這都是現實造就的，也是現實逼迫的。專輯裡最令人震驚，或說最現實的〈現實就意味著震驚，在中國〉一首歌就是最後一首〈死那個石家莊人〉：「傍晚六點下班／換掉藥廠的衣裳／妻子在熬粥／我去喝幾瓶啤酒／如此生活三十年／直到大廈崩塌／雲層深處的黑暗啊／淹沒心底的景觀／在八角櫃台／瘋狂的人民商場／用一張假鈔／買一把假槍／保衛她的生活／直到大廈崩塌／夜幕覆蓋華北平原／憂傷浸透她的臉……」靈感據說來自二〇〇一年石家莊爆炸案，但聽來並非如此，歌詞深入的並不是一個罪犯的內心，而是一個中國的普通人、一個要求普通的生存權的人的內心，他可以為自己忍耐，但不能容忍自己所愛的人遭受屈辱。但當今世道，處處都是屈辱，耿直的人避無可避。

這首歌打動了多少漂流於大城市謀生的底層青年，我在豆瓣網站上看到一個年輕的作者夜骸以「保衛她的生活，直到大廈崩塌」為題寫的一篇博客日記，記述他的未婚妻來京第一天上班的情況，極為感人，他說：「時間是一把明晃晃的殺豬刀。

平庸瑣碎的日常生活是一塊面目無趣的砧板。置身於刀俎之間，我們無處遁形，只能慷慨就範……儘管如此，我還是願意引用這一句歌詞，不是出於小苦悶或者小憤怒，而是出於……小肉麻：保衛她的生活，直到大廈崩塌。」

山川湖海來的人隱忍，懷才如未融化於俗世的鹽，亦能隨時掀起波瀾，與世道來個玉碎的對決。他們並不萬能，唯獨知道生存中之不能，故「有所不為」，在關鍵一刻固守了狂狷之道。這已經不是音樂，而是我們這遺孤一代的最後價值了。

海豐英雄多奇志

渾不知是城市還是荒野，某年的深圳建築雙年展，我們身處深圳書城對開的一大片荒地，烤肉、喝酒、讀詩、唱歌，身後是一個巨大的「繭」，那是台灣建築師謝英俊的作品，由幾個農民工協助他編織而成。夜漸深，除了遠處幾座後現代建築的強光，腳下方圓半里地還是土地本身，我的醉眼中彷彿有螢火蟲出沒，這時竹子編就的繭裡面傳出了手風琴聲——咦，這不是湯姆．威茲的《Cold Cold Ground》麼？但再一聽，原來哀鳴著「Cold Cold Ground」的地方，換了一把比湯姆．威茲更「爛」的男聲，用不是廣東話不是普通話也不是潮州話的語言唱著「倒港紙！倒港紙！」

舞台上那兩個人叫做「五條人」，拉著比《Cold Cold Ground》還要潑辣放縱的手風琴的是仁科，驢嗓子的是茂濤，這是我第一次聽到他們唱歌，又是傷感又是哭笑不得，但是與厠身深圳特區一角的城鄉結合飛地非常配合，湯姆．威茲的《Cold Cold Ground》變成了他們那個倒港紙（兌換港幣）的古巴表叔公身處的海豐東門頭——表叔公何嘗不是Uncle Ray（郭利民），渾渾噩噩任由新世界的寒風洗刷。

再次聽「五條人」的現場已經是一年多以後的香港，旺角砵蘭街拐角，以前是妓院的地方現在是一些上樓的Café，「五條人」在呼吸Café演出，來的人不多，有一半是說海豐話的——據說「五條人」是中國第一支小語種樂隊，的確他們已經成了海豐的驕傲——其中有一個Uncle走進來，約七十歲，氣場蓋過了茂濤和仁科，他說：我很久沒有聽海豐話唱歌了。當然他不是古巴的表叔公，我猜他是香港海豐同鄉會前任會長。

「五條人」唱〈十年水流東，十年水流西〉，「他們都說我是在說夢話，其實我是在說海豐話」，會長表叔公在和酒吧老闆咬耳朵說海豐話：「五條人」唱〈彭的湃〉的時候，表叔公悄悄地走了。表叔公不知道「彭的湃」但肯定知道彭湃，以前我關於海豐也只知道彭湃，還知道一句「天上雷公，地上海陸豐！」海陸豐意味著彪悍——「據說你們很能打架？」我問台下的海豐人，他說善毆的是陸豐人，海豐人都怕怕矣。

小城好漢英特邁往，我想起了韓東的小說，六七〇年代生的男作家多有小城情結，我也有，我的是粵西小城情結。我寫過〈小城英雄傳〉，開頭就是「不英、不特、不邁往，／如果你沒有被城外更混沌的世界招安……」也寫過〈吾鄉〉，開頭是「黃昏中她微倦。／吾鄉在珠江以西／像一個小農婦，為傍晚莫名傷感，／說著一些別人無從意會的語言。」「五條人」的小城介於兩者之間，「老勢勢」（海豐方言形容人很拽）的〈道山靚仔〉是失敗的海豐好漢，〈十年水流東，十年水流西〉的憂傷更似後者。

真正的小城英雄可能只是「五條人」，小城英雄多奇志，敢叫威茲換新詞——這一種華洋結合我此前只在詩人馬驊譯唱披頭四的〈Let It Be〉為「去他媽的」或者周雲蓬把麥克．傑克遜〈Heal the World〉改編為〈買花生米〉謠中聽過。對於我等小城英雄來說，這不是什麼山寨版，而是對彼岸小城好漢「湯姆等待」大叔的惺惺相惜。

「湯姆等待」大叔（Tom Waits）也出身小城，在美國墨西哥交界的鎮子長大，中學照片上就是一臉小城英雄的苦逼相，後來經過數十年的烈酒大麻相催迫，換來如霜如雹嗓音和貧民窟浮世繪一般的垮掉派歌詞。如果他來中國，他也許很樂意在五條人那部海豐小電影裡飾演那位古巴表叔公，就像他在賈木許的電影裡演那些法外之徒一樣。

不過海豐五條人的詩意畢竟不同於美國的凱魯亞克後裔湯姆．威茲的詩意，後者的狷狂散逸更多見於五條人的吟唱與琴聲中。五條人的歌詞還是很南中國，淳樸如詩經，娓娓道來的調侃之苦澀如胡嗎個——一個失蹤了的民謠怪傑，鄉土之情又可縱比粵北老鄉楊一、遠攀台灣林生祥，歸根到底是那個遠去的鄉土中國之悲歌，〈李阿伯〉裡的「泣咚泣咚調」，這是那個「農村不像農村、城市不像城市」的中國才能催生的一朵奇葩。南中國自晚清以來屢出奇士，那是海山衝突之勢所決定的，更是淳風遇著異志所生變的，北面的同志也應該知道。

我高興這兩年中國搖滾新聲北有萬能青年旅店、南有五條人，前者的積重難解的老派工業大城的深濃之殤，滔滔如爛醉不問歸途之決絕；五條人也醉如泥，卻有「醉鄉路穩宜頻到」的自我解嘲，也許是背後一股來自鄉鎮的「根感」支撐著，這種「根感」之前我只能在台灣林生祥的客家歌謠和HUEGU&DOCDOC（迴谷&達克達）的民謠中聽得。兩種醉都酣暢，酣暢不是因為酒美，而是因為現實在其中哭笑怒罵得淋漓盡致。

這種氣魄也來自青春吧，五條人〈綠蒼蒼〉裡的朝氣蓬勃，其實當年我們也在張楚的〈光明大道〉裡聽到過。我們都知道這綠蒼蒼的世界早已不再，「綠蒼蒼」的海豐話發音也和「路長長」無異，但是就像張楚所唱，「嘿嘿嘿，別沮喪，就當我們只是去送葬」！

崔健與香港

曾經，對於香港人來說，崔健像一把秋天的刀子，像冬天雪地上的一場撒野。

和大多數還記得崔健的香港人一樣，我也是八〇年代末知道的崔健，一九八八年我們就聽到徐小鳳翻唱崔健的〈一無所有〉——這首象徵一代人從虛無中反思與叛逆的中國搖滾誕生作，被改編成〈真愛又如何〉那樣一首有點古怪的情歌，貴氣的徐小鳳是怎樣和與她格格不入的草莽者崔健拉上關係的？這簡直是一個時代的諷刺，像徵了八〇年代香港人的實用主義，以及隨之而來意外的包容——所以後來，〈一無所有〉的原版在香港電視上得以播出，人們知道了有一個對大陸青年頗有影響力的搖滾歌手叫崔健，也沒有人質疑小鳳姐騎劫了搖滾。

當然也沒有人會覺得，小鳳姐給我們啟蒙了搖滾。直到YouTube時代到來，我們才知道徐小鳳翻唱之後，崔健在幹什麼。網路上流傳著一段錄音，一九八九年六四前夕，崔健和他的樂隊自稱「北京市民合唱團」，在街頭唱著〈從頭再來〉、〈新長征路上的搖滾〉等他當時最新的、無法在正式演出裡演唱的歌，還發表了一些充滿崔健式隱喻的演說，你可以覺得他是在鼓舞，也可以覺得他是在要求反思。

《超越那一天》電影的香港版本和國內版本一樣沒有點題作〈超越那一天〉，崔健的謹慎與他的勇氣一樣，我永遠無法理解。《超越那一天》的「那一天」又是哪一天呢，那一天為什麼敏感？對於香港人，那一天至關重要，〈超越那一天〉也是崔健與香港關係最深的一首歌，它的歌詞長達九百字，彷彿不如此不能說明「那一天」和香港對於崔健、對於大陸的有識之士的意義。歌詞如崔健一貫的充滿政治隱喻和文學悖論，限於篇幅，僅引用部分如下：

媽媽有一天你突然回來站著
盯著我半天然後跟我說
說我有一個親生的妹妹還活著
我從來不知道也沒見過

我焦急地等待著你繼續往下說
可是你卻開始保持沉默……

……你真正的了解我那沒見過的妹妹
或是真正的了解我嗎
如果我們之間突然的發生了愛情
你將會怎麼樣的處理呢
媽媽我對不起你如果我的瘋狂將會
給你帶來什麼不舒服的結果
我不知是為了什麼還沒有見到妹妹
就已經開始愛上她了

是的，他唱的是香港「回歸」，那天是一九九七年七月一日，在香港除了午夜飛行樂隊反諷的〈讚美這一天〉，好像沒有人這麼政治性地歌唱過那個日子。大陸、香港和大陸人民，分別被崔健喻為「媽媽」、「妹妹」和「我」，媽媽不理解我和妹妹，我迷戀但也不理解妹妹，這裡沒有引用的第三段，簡直就預言了「回歸」十五年後今天中港關係的尷尬狀況。「頭幾年親熱勁兒過了後產生了矛盾，我們還會真的互相愛嗎？」，但我們都很難嘗試愛了。也許兄妹戀注定會落入這種尷尬境地。

崔健對政治的態度比起他的同代藝術家，批判力度絕對是極大的，尤其〈紅旗下的蛋〉、〈盒子〉等中後期作品，比起早期〈新長征路上的搖滾〉、〈花房姑娘〉的對社會主義美學愛恨交加的曖昧，比起〈一塊紅布〉和〈假行僧〉朦朧詩浪漫主義，態度更果斷、鋒利分明起來。〈超越那一天〉的戲劇性辯駁更加複雜，崔健對香港的態度也很能代表大陸藝術家、知識分子對香港的態度，既有對善意想像的「自由港」的憧憬，亦有對被誇大的「殖民地傲慢」的警惕，而崔健希望「愛」是可以超越這種矛盾紛擾的。

「輕鬆的簡單的超越那一天」，不等於某種超越史觀，後者總強調放下包袱，把歷史視為可以隨便拋棄的包袱，慫恿每個人遺忘，而香港人卻偏偏頑固地選擇不忘記，正如崔健唱道「如果你要是真的生起了氣，她會真的像我一樣害怕你嗎？」答案也許是她不害怕。崔健的超越幻想，也許是勸人們不要陷入主流話語的粉飾把一九九七年純粹視為普大喜奔的回歸年，也不要陷入某種民間話語的簡化，把它視為萬劫不復的淪陷日。

這是崔健的清醒，也是他對自己的敏感的自我迴避。但那一天所攜帶的種種矛盾在日後越滾越大，豈能簡單超越？而且「那一天」的意義，在中港左右各種敘述和利用之中，早已妾身不明，我們說要超越，到底是要超越哪一天？超越哪一個昨日的我，哪一個昨日的崔健？

中國搖滾運動中的扛旗情結

新年伊始，中國大陸一些跨年音樂節或音樂會上的扛旗搖旗（不少是毛澤東頭像旗幟）行為成了搖滾音樂圈的議論熱點，觀眾、扛旗者和音樂人眾說紛紜以致各執一見而反目。我是親歷者，在網路口角之餘，倒想趁這個機會反思作為一種所謂後現代的集體運動的搖滾音樂節事件，為什麼會在中國出現這樣的爭議。

「人潮洶湧，旗海飄揚！」這是文革至七〇年代後期依然存在的文章典型開頭，接下來一般是報道某個反帝反修遊行，或者是勝利的批鬥大會，可見旗海在群眾運動中的地位與象徵意義。能與那個時期的旗海相比的只有納粹的旗海，萊尼·里芬斯塔爾（Leni Riefenstahl）《奧林匹亞》、《意志的勝利》裡記錄了這種亢奮的鏡頭，一支支戰旗像是領袖意志的化身，捧著它就像神靈附體，主義具象化為旗上的符號乃至被揮動的旗杆本身——巍然的杆子又成了身體延伸而出的又一個器官，而且還是可以號令群眾的器官，能不亢奮？

隔了八十年或者四十年，沒想到旗海這種形式重現在中國的搖滾音樂節現場上，引起的亢奮依舊，所幸有不少旗幟是帶有反抗或者反諷意味的（無意或有意地），比如以叛逆兒童哪吒為Logo的痛仰樂迷旗幟，比如直書「動物園」而反諷被圈養狀態青春的My Little Airport樂迷旗幟；也有不少是強調地域自豪感的，愛鄉情懷其實與愛國主義的狹隘同構；而最極端的旗幟是直接畫毛澤東領袖頭像的——正是最後這一種，引起我對搖滾音樂節作為群眾運動替補品的反思，前兩個時期的旗海，共同點是它都是集體主義的產物，而旗下的人多多少少成為了集體主義或者他們所供奉的旗上圖騰的囚徒。

擱搖滾這一塊，比較複雜比較矛盾。也不意外，搖滾本身，早已經是一項自相矛盾的事業。作為一種帶有前衛意味的流行藝術，它必須具備叛逆的個人主義取向，但作為能維持其流行的商業操作，它又必須讓很多樂迷買賬，讓後者取得共識性的興奮，這就已經是一種集體主義催眠了。但搖滾樂能凶猛發展到今天，是因為這種表面的自相矛盾往往能形成內裡的互利：對叛逆的強調卻能凝聚許多真叛逆、渴望叛逆或者偽叛逆的人，而且因為後兩者的源源不絕，即使真叛逆者醒悟離去，搖滾樂迷這一群體也不見得會有明顯的消耗。

好的主流搖滾樂能維持三種叛逆者的平衡，甚至在其上滿足藝術家自身的反叛，從巴布．狄倫到滾石樂團到衝擊樂團（The Clash）到超脫樂團（Nirvana）等等開一時之風的樂人都是這樣，從挑釁樂迷，到帶領樂迷一起突破陳舊世界觀和藝術侷限，到再度反對自己重啟樂迷，這種循環在西方搖滾樂頗見成效。但是在中國似乎未必行得通，主要不是音樂家的問題，問題出於素質參差的樂迷身上——總有一部分誤入搖滾的娛樂至死分子，他們只看到搖滾的集體主義催眠對他們的麻醉功效，懶得考慮搖滾初衷的叛逆與覺醒特質。而且這些樂迷自我感覺是如此良好，往往讓他們追隨的樂隊以及真正的搖滾樂迷哭笑不得。

前述第三種搖滾音樂節舉旗者，就是這些人。他們會在犀利反詰國民劣根之源的舌頭樂隊面前揮舞一個皇帝的頭像，他們會在絕不妥協反諷盛世的歌者李志面前揮舞習近平頭像的旗幟，絲毫不考慮違和感，他們其實就是李志所唱〈人民不需要自由〉裡那些傻笑的寵物。寵物之所以成為寵物，是因為他們毫不意識到自己本應是自由的野獸，即使他們所聽的搖滾就在提醒他們這一點，但是，他們更願意把搖滾當作催眠曲，便於裝睡；而旗幟成為他們的情結，因為旗幟利於把個體集合成集體，在集體中忘我，也是為了裝睡。

於是就有了「搖滾與政治無關」這種有中國特色的怪論，只需要稍稍看過郝舫那本搖滾史名著《傷花怒放：搖滾的被縛與抗爭》，就會知道搖滾樂的發展一直伴隨著政治打壓與藝術抗爭，且正是在與政治的糾纏不休之中獲得蛻變。搖滾過問政治絕非羞恥之事，而是理所當然，否則就會像某些國家那樣任由政治來過問你。而在極左派的集體主義烏托邦裡，音樂只不過是宣傳喇叭，更無搖滾的一席之地。

經歷了二〇一四年年終演出毛旗揮舞事件的舌頭樂隊，其主唱吳吞回應得好：「他們有權利舉任何旗幟，但既然他們不想沾政治幹嘛要舉一個毛？」以波普反諷來為那樣一面旗幟洗白都是徒勞的，因為政治波普最起碼的變形或者幽默感，在那面紅彤彤的旗幟上絲毫看不到。如果真的如舉旗者自述的他們的Logo與政治無關，那麼只能證明他們是主動放棄思考，被無關的那位政客也不會同意這種開脫的。中國乃至世界，現在都是一個「符號帝國」，哪能這麼容易澈底撇清能指與所指的關係？

這是政治問題，也是藝術問題，搖滾、以及一切藝術的精神都是自由、獨立思考與基於個體的創造，而集體主義則是強調崇拜強權、絕對服從、壓制個體特殊性，讓自由精神消滅於機械唯物論當中。這也是人性問題，你姑且試試看在德國和以色列的音樂節舉納粹旗幟，無論警、民，都不會放過你，因為你對可能的歷史受害者、受害者後裔、甚至被那段歷史構成過精神傷害的人都施與了二次傷害。

這不是上綱上線也不是矯枉過正的政治正確（Political correctness）——即使惡的辯護者善於用「政治正確」作為帽子去打壓正直的聲音，然而面對一些觸及人性底線的東西，政治正確又有何問題？如果說扛旗的年輕人不過是被荷爾蒙影響或者被搖滾幻境所催眠，那麼為之辯護甚至對警醒者倒打一耙的那些所謂左派，才是趙楚指出的居心叵測的投機商——聯繫起他們對文革一貫的曖昧態度，更是了然。

真左派與假左派的決定性分野，在於是否認同一種絕對的個人崇拜，左派原本含義中包含的質疑權威、反對造神（〈國際歌〉唱的「從來就沒有什麼救世主，也不靠神仙皇帝」）被後者赤裸裸地拋棄。搖滾者與搖滾教徒的決定分野也在於此，大多數成熟的搖滾音樂家恰恰是前者，他們反感教徒的盲目追捧，甚至會故意惹怒後者——他們並不想成為一面旗幟或者旗幟的祭品。這樣的音樂家在中國也存在，不過他們的發聲與反叛都更艱難，因為他們除了與審查機構周旋，還要與那些錯愛著他們的某部分裝睡的歌迷作鬥爭，以及無數跟紅頂白的偽左派偽右派光爆黨等作鬥爭，可以想像U2樂團的波諾（Bono）在中國的話會遭受最後者的多少刻薄諷刺。

搖滾成為運動，未必是壞事，但是在「運動」二字有著那麼複雜的歷史的國度，也許需要的更多是把運動還原到個人身上，尋找搖滾的人性之根，長出面目各異的菌類，而不是整齊劃一的旗幟。

愛人同志，從禁色到彩虹

美國高院關於同志婚姻合乎憲法的裁決，可謂同志平權運動史上的一個大勝利，一時間，海外各大社交媒體上彩虹旗飄揚，隨之一個同志網站推出幫臉書用戶把頭像換成彩虹顏色的功能，於是當天我幾乎所有的朋友都變成了彩虹頭像。我也不能免俗在我的黑白頭像加了彩虹，畢竟支持了二十年的同志平權運動，受盡冷言冷語，此刻揚眉吐氣的心情非如此高調表達不可。

不過，五彩繽紛之際，我倒是想起一首有點唱反調的歌，這首歌，恰恰是林夕給一九九二年剛剛單飛的黃耀明所作的〈愛色〉，其中有這麼一段副歌：

遮遮掩掩不算愛嗎？光光彩彩先算愛嗎？

灰灰黑黑不太好嗎？繽繽紛紛先刺激嗎？
一深一淺不會襯得壯麗嗎？

這段弔詭的反問，是回應歌曲開頭獨白中那句「無理由攬到要遮遮掩掩（沒有理由弄得要遮遮掩掩）」——一九九〇年代初這樣問是很正常的，香港社會一向道德保守，諸多宗教衛道團體諸如明光社等一直「追擊」同性戀者至今，那個時代正是全民「泛明光社」的時代，同性戀者即使如羅文、張國榮這樣的大明星都是半遮半掩的，黃耀明也還沒有出櫃（在當時的採訪中，記者還特意強調黃耀明沒有公開戀人的性別），更何況社會上一般的同性戀者。然而，同樣沒有出櫃的林夕，卻在這首關於戀愛多樣性的反諷式情歌中，對這一現實也進行了反抗。他的立場就是：即使同性戀不被認可，亦無損其作為愛之一種的尊嚴和美麗。

這立場是驕傲的，他直接顛覆了世俗的愛情觀，把被定義為少數、反對派的同性戀處境置換為正面狀態，而且大膽道破同性戀之所以誘人的大祕密所在，正是這種遮遮掩掩、灰灰黑黑的曖昧和禁忌之味，換言之，這色之魅，在於它是禁色。

〈禁色〉，正是黃耀明離開前的達明一派的代表作，也是香港同性戀藝術的一個裡程碑作品。我想我這一代文青，很多都是通過這首〈禁色〉與另一首達明一派名作〈忘記她是他〉認識到同性戀美學的，正因為其無比淒美，在十幾歲少年心中早早奠定了同性戀等於美麗和禁忌的混合，這一「先入為主」也為我們及更年輕一代並不反感甚至支持同性戀文化鋪墊了一片潛意識。就我自己而言，先聽到達明一派，繼而讀到三島由紀夫和王爾德，看到《聖鬥士星矢》改編的同人誌，看到電影《我私人的愛達荷》和《春光乍洩》，這一切都在我十八歲之前發生，讓我即使沒有變成同性戀者也變成了一個堅定的同性戀支持者。

〈禁色〉和〈忘記她是他〉堪稱雙絕，在更保守的八〇年代，大膽挑釁，用的不是抗議的猛力，而是美的吸引。

窗邊雨水　拼命地侵擾安睡
又再撇溼亂髮堆
無需惶恐　你在受驚中淌淚
別怕！愛本是無罪

請關上窗　寄望夢想於今後
讓我再握著你手
無需逃走　世俗目光雖荒謬
為你　我甘願承受

願某地方　不需將愛傷害
抹殺內心的色彩
願某日子　不需苦痛忍耐
將禁色盡染在夢魂內

千種痛哀　結在夢魘的心內
願我到死未悔改
時鐘停止　我在耐心的等待
害怕雨聲在門內

若這地方　必須將愛傷害
抹殺內心的色彩
讓我就此　消失這晚風雨內
可再生在某夢幻年代

陳少琪填詞的〈禁色〉，題目來自三島由紀夫，內容卻抽像為一個可供不同時代被拒斥的同性戀者代入的角色情景。歌詞的唯美其實趕不上劉以達編曲的淒楚孤寂，單純遲緩的鋼琴和弦營造出一個封閉冷清的空間，電鋼琴卻不甘地翻躍起伏，最後失真的電風琴則如嗚咽不忍離去。當然這音樂這歌詞都有顧影自憐的意味，但它更難得的是其中的孤絕不馴，乃至於宣言：「愛本是無罪」，決絕：「到死未悔改」。如果作為一首戲劇獨白體的現代詩閱讀，那裡面的是一個典型的悲劇英雄形象，知其不可為而為之。

如果說〈禁色〉的詞作以純感性修辭和執著的抒情，成功建構起同性戀美學的逆子形象，但多少帶有女性男同性戀旁觀者（現稱腐女，雖然作詞人陳少琪是男性）的意淫色彩（後來由何韻詩演繹才獲得女同性戀的名正言順）。周耀輝作詞的〈忘記他是她〉則更為複雜可堪理性分析，因為它的歌詞表面上通篇穿插傳統男女戀愛角色的定位期待，最後諷刺的是作者表示出並不在乎這種定位，甚至刻意去模糊之：

忘記她 是那麼樣 只記起風裡淌漾
玫瑰花盛開的髮香
忘記他 是那麼樣 只記起寬闊肩上
紋上鐵青色的肖像
忘記她 是那麼樣 只記起街裡闖蕩
迎我歸家溫馨眼光
忘記他 是那麼樣 只記起粗糙頸項
承載鋼鐵一般堅壯
愛上是他是她是他給我滿足快樂
是那份美麗的感覺
愛我是他什麼是他不理上演那幕
忘記他是她不知覺

忘記她 是那麼樣 只記起掩蓋荒靜
柔軟心間的笑聲
忘記他 是那麼樣 只記起灑脫不定
如烈火紛飛的率性
是那份美麗的感覺
愛上是她是他是她給我滿足快樂
愛我是她什麼是她不理上演那幕
忘記他是她不知覺
愛上是她是他是她給我滿足快樂
是那份複雜的感覺
愛我是她什麼是她不理上演那幕
忘記他是她不知覺

這裡已經可以看出周耀輝迷戀吊詭「狡辯」的詩歌建構方式（在〈忘記他是她〉之前還有一首更複雜的〈我愛你〉書寫一種雙性四角戀關係），這種曖昧矛盾之感也是同性戀美學的一大特色——十九世紀象徵派詩人蘭波，一位雙性戀者，他的詩作就在這種矛盾性裡游刃有餘，依此建構出被人指為惡魔主義的奇異張力。

而且，這首詞的複雜還表現為一種早期同性戀文化的青澀性，在初涉同性戀或雙性戀的人心目中，愛欲對象首先吸引他的未必是同性特質，也可能是同性身上展示的異性特質，所以題目到底是「忘記他是她」還是「忘記她是他」還是「忘記他是他」都有可能，如果是第一個，這首歌甚至也可以理解為周耀輝代入女同性戀者身分所寫。

這首歌的關鍵詞是「快樂」與「率性」、「複雜」，與〈禁色〉的悲劇性很不同，也可以看出周耀輝以後詞作常見的叛逆犬儒（Cynicism）加頹廢主義（近作〈下流〉就是好例子）；音樂上劉以達更配之以夏威夷滑弦吉他，其醉生夢死的頹廢感直接讓人想到《阿飛正傳》的熱帶憂鬱，合成器的飄渺效果則加重了「複雜的感覺」的游移不定。

從以悲劇做出控訴，轉向自我主義的獨立抗命，是周耀輝給予達明一派以及後來黃耀明的最獨到鮮明的色彩，同性戀文化在香港的抗爭形式也大致經過這樣的轉變，自從邁克以「同志」命名同性戀者，經由林奕華一九八九年舉辦「同志電影節」

的大張旗鼓，香港的非主流同志藝術敘事已經不再委屈，而更為明亮自豪。再舉一例就是在一九九六年達明一派「復合」演唱會「萬歲萬歲萬萬歲」專輯推出的〈快樂牛郎〉，周耀輝的詞作更加張揚享樂主義（日後得到黃偉文大力承傳發揮）：

原來是我這麼天生　我這麼悠閒　攀一個最挺的山
從來沒有這麼傾斜　有太多毒蛇　穿一個最曠的荒野
然後是我東奔西撲　我每天思索　終於我變了堅壯
然後又故意失方向　修煉到我的擅長　捉一只最美的孔雀
沿途上我顧盼自豪　怕你不知道　我要好風光不畏高……

由被打壓變成驕傲的出櫃宣言，從淒清單色到七彩虹旗，當然是平權運動的理所當然，同志先必自重自強才能要求更多的尊重。如此回看六二六裁決之前流傳一時的蔡康永在《奇葩說》自述出櫃之難的短片，倒是覺得香港的同志幸福得多。雖然周圍叫罵「死基佬」的聲音依然不絕，同性戀者自稱同志，便多了更多革命的決心。

當然我們都記得，二〇一二年十一月七日，立法會「同志平權諮詢議案」被否決那一刻，提醒了香港距離歐洲開明國家的距離依然很大；而這次保守勢力同樣強大的美國做出保障同志婚姻的裁決，對華人同志無疑是莫大的鼓舞。同志的婚姻權，自不待言是同性戀平權裡最重要一環，不但是某種精神上的尊重，還在現實上以此來確保自己的愛人能享有主流社會中法定配偶的無數權利。

因此，回看文章開頭處「禁色」與「繽紛」的選擇難題，似乎清晰不少。從情感上、美學上，我還是認可最叛逆的同志，他們壓根藐視由主流社會規範而成的婚姻制度，認為那是非常不「酷兒」的；但從理性上說，必須慶祝同志的權利中多了一個選項——其實結婚與否，對於真正的性向叛逆者並不重要，只是你絕對不能剝奪他們這一種站出來的驕傲。而當慶祝的呼聲席捲網路的時候，也能鼓舞蔡康永所說的某地方某些人群，他們也許尚未有強大力量支持其出櫃，卻因此堅信：「愛本是無罪。」

《一代宗師》裡的香港藍調前傳

廣義來說，有苦命又樂觀的老百姓的地方，就有藍調（Blues）音樂，無論它是否使用那樣的節拍，藍調的精神就在於市井辛辣和怨忿。香港也有自己的藍調，香港老百姓稱之為「時代曲」。前不久，我們通過王家衛的耳朵，又聽了一遍香港的時代曲。

最神奇的是《一代宗師》五〇年代香港開頭的背景歌曲〈天之嬌女〉（呂紅、何大傻演唱），王家衛只用了第一段，馬上就把觀眾帶回了那個白相人剛到香港尚未演化成古惑仔的時代，胡文森寫的歌詞相當古怪，姑且錄之：「樓上有位大老闆，品性古怪立雜，著新西裝筆挺直、漿到硬，頭髮白、油漫滑，都唔算系老，額角打折。喂，樓下有位電髮妹，交際手法極圓滑，好老Man心愛慕，貪佢系肥夾白，皮軟滑，成晚度計落去勾搭……」大致內容講述一間唐樓上下諸君的戀愛勾搭事業。原曲是電影《The Paleface》（1948）的主題曲〈Buttons and Bows〉，脂粉輕佻，倒也配合。

這種文言、白話、洋涇浜英文混雜的文體，在六〇年代被稱為三及第文學，這個歌詞應該是其早期尚未成熟的作品，三及第文學在小說由筆名「三蘇」、「旦仃」、「經紀拉」的高德雄集大成之，詩歌則有蔡炎培抹去其雅俗界線。五、六〇年代交界的香港，江湖氣息濃厚，所以容得下葉問這樣的耿介之人、容得下宮二小姐這樣孤絕之女，也容得下一線天這樣彪悍得不需要解釋的人生。天之嬌女配一代宗師本是絕配，好笑的是這裡的天之嬌女是一個早期的古惑妹，而不是奇寒徹骨、寄身異鄉的宮若梅，也許在過江龍如卿的那個時代那個香港，前者才是生存之道。

搖擺（Swing）風格的〈天之嬌女〉屬於其時香港的年輕人調情跳舞之用，普羅大眾的「時代曲」更多是粵曲、南音。在香港及珠三角一帶妓院、茶樓獻唱的南音特稱為「地水南音」，它的彈唱者多數是失明人，有的兼作風水算卦之事（可能這是「地水」的由來），而風塵之地失明身分也會讓聽眾覺得不會被泄露自己的身分。「地水南音」的男彈唱者稱為瞽師，女的稱為師娘，香港著名的南音演唱者有杜煥、白駒榮、唐健垣及區均祥等，至今「地水南音」幾近消亡，唯有名伶阮兆輝及一些學者研究和演唱，澳門還有一位僅存的一代師娘吳詠梅。

《一代宗師》裡張智霖飾演的瞽師唱的地水南音就是由阮兆輝代唱，金樓一片繁膩旖旎中，他唱的卻是悲怨名曲〈何惠群嘆五更〉：「懷人對月倚南樓，觸起離情淚怎收。自記與郎分別後，好似銀河隔絕女牽牛。」聽曲人是葉問和其妻張永成，此幕以全片觀之，有悲劇伏筆之感，聽曲人情意綿綿坐擁金玉家庭，怎知瞽師往往歌唱的就是命運，隱喻了日後葉問去港從此與妻音訊隔絕，張永成一恨至死的結局。

恰成對稱的是片末葉問與宮二在大南街茶室裡聽小明星的〈風流夢〉：「半生佻達任情種，情意加濃，早沾愛戀風，愛思滿胸，手拈花，陶情夢正濃，借詩喻愛衷……」片中歌女不可能是歷史上的小明星，因為小明星就像葉問的女兒一樣，一九四二年在淪陷的廣州貧病交加，扶病登台，在添男茶樓演唱名曲〈秋墳〉至「夜來風雨送梨花」一句時吐血倒於台上，翌日便告不治，早夭三十年華。

葉問與宮二只是風流一夢，含芳廿載亦不得發，此恨亦綿綿無絕。小明星之淒涼與決絕，也映襯著宮二的淒涼和決絕。抗戰時期，弱女子小明星，竟挺身演唱〈人類公敵〉這樣鮮明的反法西斯歌曲，特見其情操高潔。小明星三〇年代便紅於省港，歿後傳奇身世流傳更為其歌聲添上異色，像我父親這一輩香港人迷戀她的甚多，大概就像法國人迷戀愛迪．琵雅夫（Edith Piaf），美國人迷戀比莉．哈樂黛（Billy Holiday）是一樣的道理。

細品〈風流夢〉，小明星之粵曲平喉非常特別，又稱星腔，女子發男聲，又兼有浪子、怨女雙重味道，欲揚先抑，欲歌還斂，這般江湖魅力，只有南音裡的風塵男女能有，〈風流夢〉一闋兼得老舉南音〈男燒衣〉、〈女燒衣〉之妙。所以小明星雖然唱的是粵曲，但又被視為「粵曲南音」，但可悲的是，粵曲從南音得到滋養，卻成了南音的終結者，三〇年代香港禁娼、六〇年代電台廣播劇節目興盛，分別從民間流傳場景和新興傳播方式上兩次趕絕了南音，杜煥留下的錄音成為了絕唱。

繼承小明星中性嗓音魅力的，除了她的傳人，粵語流行曲裡最得其妙的是徐小鳳，加之後者的歌劇共鳴腔，能有大江東去之氣概，但也因此略失風流。而得其滄桑蘊籍的情味的，竟是二十出頭那時的梅艷芳，不說別的，僅僅一首〈似水流年〉一唱三嘆、無限低回之感，何人能得？幼齡賦滄桑，竟是某種音樂傳統，周璇、小明星、梅艷芳，無意相承了悲劇的命運、窮而後工的歌藝。

「南音就是香港的布魯斯。」這句話，是前幾天我在鴨寮街尋找小明星的黑膠唱片時，賣唱片的老保羅跟我說的，他一聽我說找小明星，他就「慘啊慘啊」嘆息不停。南音，以及香港早期的時代曲，甚至許冠傑他們的早期粵語流行曲，都帶有濃厚的布魯斯況味——難怪藍調在香港被翻譯為「怨曲」，底層流浪藝人生活流離，情愛姻緣又萍水鳥石，豈能不怨？老保羅說：「唱南音的，就是在呻命。」佛山金樓裡的葉問，與香港大南街茶室裡的葉問，聽的都是命運之歌。

念念不忘，必有回響——放在配樂來說，這似乎也是王家衛的宗旨，他通過聲音的重構來向自己的童年記憶招魂，《花樣年華》裡復活的是周璇等國語流行曲在五、六〇年代香港那些外省人後裔生活中的故國幽靈，《一代宗師》則以南音復活了葉問一代省港遊子不歸的鄉愁。以前只有關錦鵬在《胭脂扣》、許鞍華的《客途秋恨》裡致敬過的南音，現在又芳魂不散，等待這一代漸漸無根的香港人重聽。如果還要進一步聆聽，不妨看看獨立電影《未央歌》以及聽個全本的《失明人杜煥憶往》，那將是「香港藍調正傳」的開篇音樂。

時代之曲

——說黃霑〈滄海一聲笑〉

一九九〇年有一件香港流行文化上的大大的小事，那就是徐克請黃霑為他的電影《笑傲江湖》譜曲，這段軼事已經成為傳奇，有不同的版本。據說黃霑寫了六稿，徐克都不滿意，靈感枯竭的黃霑隨意翻書——很多資料說他翻的是《樂志》——其實根據黃霑在生前最後一次採訪裡說，那本書是黃友棣《中國音樂思想批判》，他在裡面看到一句話「大樂必易」。他心想最「易」的莫過於中國五聲音階（宮、商、角、徵、羽），就反用改成「羽、徵、角、商、宮」，到鋼琴前一試，悠揚高遠，頗具古風，於是就順著寫出了〈滄海一聲笑〉的整條旋律。但我有另一個版本，我的一位彈古琴的朋友跟我說，〈滄海一聲笑〉的主旋律最容易彈，只要把古琴的弦由下往上彈出空弦音即可，說不定黃霑試彈的就是古琴不是鋼琴。

好吧，總之〈滄海一聲笑〉是由黃霑作詞作曲，顧嘉輝編曲，最初羅文試唱，最終由香港歌神許冠傑演唱，作為《笑傲江湖》的主題曲收錄在一九九〇年四月一日寶麗金唱片發行的《九〇電影金曲精選》專輯，這個陣容可謂一時無兩了。一九九一年，該曲獲第十屆香港金像獎最佳原創電影歌曲獎。至於該曲國語版則由羅大佑、黃霑、徐克合唱，一九九〇年收錄於滾石唱片發行的《笑傲江湖－百無禁忌黃霑作品集》專輯中，三名現實中的才子大俠，放肆唱和，又別是一番滄桑滋味。

這就是時代的造就，也是傑作對時代的回饋，我再次提醒大家，在香港，八〇年代之前，流行曲，不叫流行曲，而叫時代曲。

還記得二〇一八年金庸去世，大家驚呼武俠時代的終結，其實早在二〇〇四年黃霑去世的時候，對我來說已經是武俠時代的句號。如果說金庸是俠之大者，胸懷國族憂患；黃霑則是俠骨柔情的代表——俠最早吸引我們的難道不就是這種風流灑脫、這種孤傲不群、這種亢龍有悔嗎？這些俠文化當中的詩意形象，起碼有一半是由黃霑和他的同時代的武俠影視音樂填詞人為我們建立起來的。

那麼，讓我們回到一九九〇年，黃霑為徐克《笑傲江湖》創作了日後成為經典的〈滄海一聲笑〉，這也是他詞人生涯的巔峰之作。那是一個怎樣的年代？八〇年代香港的所謂黃金時代的經濟紅利似乎到達臨界點，社會上因為八九的六四事件而對香港前途未定的焦慮不安也瀰漫空氣中，移民大潮開始洶湧。前幾年賈樟柯導演的《山河故人》裡面有一首插曲，葉倩文的〈珍重〉，那首歌也誕生於一九九〇年，歌中描述因為莫名原因要離開戀人移民他鄉的女子心情，所體現的去留兩難，雖然屬於一九九七年前的香港，也將在日後的華人世界處處作痛。這歌在一九九〇年席卷香港各排行榜，成為全年播放率冠軍，原因無它，她唱出了當時香港的典型場景，唱出了人心酸楚。

但是與潘維源作詞的〈珍重〉很不同，黃霑創作的〈滄海一聲笑〉並沒有採取直接切入現實展示悲歡的形式，而是以他一向跨時代的作風，給一九九〇年的香港在笑傲江湖的時代創造了一次穿越。且看歌詞：

滄海一聲笑，滔滔兩岸潮，浮沉隨浪只記今朝。
蒼天笑，紛紛世上潮，誰負誰勝出天知曉。
江山笑，煙雨遙，濤浪淘盡紅塵俗事知多少。
清風笑，竟惹寂寥，豪情還勝了一襟晚照。

蒼生笑，不再寂寥，豪情仍在痴痴笑笑。

「浮沉隨浪只記今朝」——是勸君珍惜當下，晏殊「滿目山河空念遠，落花風雨更傷春。不如惜取眼前人。」那個意思，絕不是有的人說是向毛澤東的「只爭朝夕」或者「俱往矣，數風流人物，還看今朝。」的致敬。

黃霑生於一九四一年戰亂中的大陸，一九四九年來香港，中國傳統美學給予他的滋養更多屬於文本上的，可就因為這種間隔讓他縱情遊戲於漢字的美麗中。他和那些成名後逃難來港的「南來文人」不同，他擁抱香港的市井世俗的力量，北望神州但始終駐足離島，歌詞可以非常豪放派，但骨子裡始終不忘人間的溫柔。

「滔滔兩岸潮」這五字，黃霑也承認過這裡的兩岸就是指海峽兩岸，那麼滄海中的一聲笑就難免讓人想到香港當時的特殊地位了，香港一度被稱為浮城，無根無倚，浮沈隨浪也難免，但按黃霑的想法，不必為此大時代的潮浪而惶恐不安，記得今朝的輝煌就好。其實這也是〈滄海一聲笑〉被譽為絕唱的原因，大時代走到巔峰了，不甘下坡，但如何超越？

我們看回這首歌的電影背景也如此相似，令狐沖、打算金盆洗手的順風堂主劉正風和日月神教長老曲洋被東廠鷹犬左冷禪追殺，坐船逃走，途中曲、劉興之所至演奏二人青年時所作的〈笑傲江湖〉。劉正風吹橫笛，曲洋彈古琴（實際的聲音是古箏），令狐沖假彈三弦，並輪番唱和。編曲是一陣急管繁弦，山雨欲來之際，豁然開朗，世間只剩下美好的聲音惺惺相惜。

曲洋和劉正風兩人演繹出何謂知音，知音是超越江湖門派的，藝術是超越武術輸贏的，他們給令狐沖上了一課，徐克與黃霑又給身處意氣之爭的凡人上了一課。

這裡大可以配上徐克在下一集《東方不敗》裡那首詩，作為這一場景的註釋：「天下英雄出我輩，一入江湖歲月催。王圖霸業談笑中，不勝人生一場醉。」飾演三位大俠的午馬、林正英、許冠傑，也都是自信滿滿，顧盼自雄，身陷的困境絲毫不減笛琴唱和的興致。

既然終結是必然的，那就讓剎那的光輝超越永恆吧，儘管這光輝只有你我自知。於是有了歌詞中那著名的五笑：滄海笑，蒼天笑，江山笑，清風笑，蒼生笑。帶出的就是一個非常獨立不羈的人格，在天地萬物的笑聲之中坦蕩蕩前行，笑傲江湖。可以說直到現在，香港還是有這樣的人，見過大風大浪，問心無愧地死守自己的原則笑對變遷的傢伙，什麼是《邪不壓正》原著的「俠隱」？這就是俠隱，進退不失據，因為心中有一把秤，知道有所為有所不為。

最後我給大家推薦另外兩首黃霑的武俠歌曲，那就是出自《天龍八部》的〈萬水千山縱橫〉和〈兩忘煙水裡〉它們體現了我前面說的黃霑的俠骨柔情的兩個極致，可以說沒有這兩首作為前驅，不會有〈滄海一聲笑〉成為黃霑精神的集大成者。〈萬水千山縱橫〉「萬水千山縱橫，豈懼風急雨翻；豪氣吞吐風雷，飲下霜杯雪盞」何等氣慨！〈兩忘煙水裡〉由關正傑關菊英對唱，「女兒意，英雄癡，吐盡恩義情深幾許」、「磊落志，天地心，傾出摯誠不會悔」何等有情有義的人格。我是到了三十七歲方覺悟，小時候聽的這些武俠片歌詞，原來影響我的人生觀這麼大——我想，我那一代人，不只是香港人，像賈樟柯那樣的山西人，都免不了從霑叔那裡沾染過這種志氣。

少年香港說

我以為吾老矣，二〇〇〇年之後，除了仍聽一些小眾的搖滾和民謠，基本上已經不再追趕香港主流流行音樂的變遷，怕的是他們太年輕人潮。但最近準備編選一本《香港絕妙好詞選》，一口氣讀／聽了大量香港年輕人的潮樂，驚覺其暮氣沉沉——雖然它們節拍熱烈強勁、歌詞塞滿了最當時得令的新鮮意象，世界觀人生觀卻世故老套。它們老的不是身，是心。

香港主流流行音樂曾有少年心氣，我生逢其時，那就是從上世紀七〇年代末至九〇年代初那一段黃金時代，而我喜歡的是黃金時代的白銀聖鬥士。七〇年代末武俠歌曲時代，我方值童年，已經沉迷於盧國沾詞中那些悲涼俠客（最有名的是〈決戰前夕〉「命運不得我挑選，前途生死自己難斷」和〈小李飛刀〉「難得一身好本領，情關始終闖不過」），他們總是背負情仇糾結在江湖浮沉，而非黃霑式瀟灑大俠。這些書生和少俠，同一的就是他們如少年一意孤行，不屑於世故人情——這點和整個香港的氣質都不一樣。

許冠傑是集大成者，也是大矛盾者，他的許多歌曲針砭時弊，如〈半斤八兩〉幾乎帶有搖滾的火藥味，但同時又唱〈沉默是金〉這種極其犬儒世故的麻醉歌，兩者都大受當時香港底層人民喜愛，因為前者渲洩，後者自慰而已。七〇年代那一代香港人是沒有多少少年情懷的，他們犧牲了他們的少年，成就了八〇年代香港的繁盛。

繁盛中多了珠光寶氣「土豪」式的歌者，像羅文、徐小鳳、譚詠麟都屬於這種，我偏不愛。相較而言，陳百強、張國榮就屬於清爽少年，猶記得我擁有的第一盤陳百強的磁帶，他穿著白色西服，故作老成卻難掩臉上稚氣，每首歌都暗示著初戀的味道，〈漣漪〉「生活靜靜似是湖水，全為你泛起生氣，全為你泛起漣漪，歡笑全為你起……」咬字吐音也是羞澀儒雅，而至深情。張國榮不必說，叫他哥哥不是因為他有兄長氣質，而是他像粵語所說的「哥仔」，是一個俊秀的大弟弟，他的少年氣又比陳百強多了一點壞，且混進了一些前述的悲情又瀟灑的俠氣，〈倩女幽魂〉

「人間路，快樂少年郎，路裡崎嶇，崎嶇不見陽光，泥塵裡，快樂有幾多方向，一絲絲夢幻般風雨，路隨人茫茫。」便是巔峰，那種幼虎般的自由精氣神，便是嘯傲江湖的老俠如鄭少秋也要讓三分的。

無論男女，唱世故的歌唱得清新的，只有梅艷芳，〈似水流年〉和〈似是故人來〉像前世今生，兩種滄桑皆不落人間煙火，實在難得。不是很多人還記得還有位歌后林志美，〈偶遇〉由鄭國江執筆，化用徐志摩，造就一代少女偶像，白襯衫藍色牛仔褲，落落大方，歌聲也是原聲，配合那不施粉黛的真摯。至於後來少女風演變成「玉女」，雕蟲失天真，過了二十年後，Twins和薛凱琪更追不回去。

同時進行的是：少年古惑仔化，經紀仔化，小白臉化，四大天王的郭富城、劉德華、黎明各自對應，至於老神在在的張學友，就根本和少年沒有半點關係了，所以他最適合演《男人四十》。香港主流樂壇的中年化在九七後穩定下來，因為製作人、詞曲作者都中年化，即使想遷就少年聽眾也無能為力，而且他們錯判了少年是沒有市場影響力的，殊料互聯網時代來臨，音樂產業已經不再能靠唱片實體買賣贏利了，這時候少年聽眾的動員力才增益式爆發。

少年古惑仔化在二〇〇〇年代一發不可收拾，而且這都是一些老油條教育出來的古惑仔，有江湖的城府沒有江湖的灑脫，更多的是旺角Style的幼稚與功利，即使他們在談情說愛。能把八〇年代的倜儻少年氣延續下來的，還就只有黃耀明了，在達明一派時代黃耀明並不是很少年，而是一個深沉早熟的青年，但單飛後的他張揚了風格中任性和自戀的一面，小王子一樣嬉遊人間，直到近年才把任性變成任俠，驟然蒼涼回去。

其實少年之血如泉，潛流在香港的樂隊音樂之中。不說達明與Beyond，以前還有一隊Raidas和「文藝復興」，但都少了些率性。香港樂隊真正的率性，要到軟硬天師、LMF和更後來的My Little Airport才自如發聲，原因不在年齡和潮流（最潮的黃偉文是很不少年的），而在於這三隊樂隊都是有話可說的牢騷少年，對日益異化的香港社會諸多不滿，組樂隊如結客少年場，這是另一種任俠。與My Little Airport恰成對照的是The Pancakes宅少女一人樂隊，她的少女氣質也率性，是一種睡房裡的不合作運動，直到遇到麥兜動畫，才完全與香港社會碰撞了。

少年心氣，怎麼能不談麥兜。The Pancakes為麥兜動畫《菠蘿油王子》唱的〈咁咁咁〉完全讓人想到勒克萊齊奧《夢多》系列的流浪少年，像蘭波那樣自由暢快。這首詞的作者就是麥兜動畫的靈魂人物謝立文，而縱觀香港所有詞人，謝立文是真正最有少年心氣的一位，他的少年心氣在於敏感於香港時代脈動的同時，時刻不忘初心。謝立文除了和獨立樂人合作，更多的是直接改編莫扎特等名曲，在那些真正才華橫溢的作品中寄托他的少年香港情懷。

因為香港現在正值困頓中年，最需要的就是這一股少年心氣。謝立文近作，最令人百感交集的就是《麥兜當當伴我心》裡的〈風吹雞蛋殼〉：「日已散海角，風吹雞蛋殼，但在我心中照，還是昨日的曙光；月已掛肩膊，天蒼蒼星落索，在我心中唱，還是昨日少年歌……暴雨猛風撲，當雞蛋撼牆角，但在我心中唱，還是昨日少年歌！」雞蛋與牆的隱喻，也是少年與世故的隱喻，第一次被寫進粵語歌曲中由一幫春田花花幼稚園的未來少年們唱出，而香港，將是敢於雞蛋碰石頭的他們的香港。

香港曾有家駒和Beyond

對於很多香港青年來說，沒有Beyond的香港和有過Beyond的香港，是兩個香港。我是在青年文化發展的層面上說的，市民審美風氣保守的香港，玩樂隊被稱為「打Band」，九〇年代之前幾乎都是被父輩視為只有兩種人會幹的：一是番書仔（讀英文學校的）／有錢的花花公子；一是臭飛／小流氓，只要看看七〇年代許冠傑電影裡偶爾客串出現的那些「Band友」就知道搖滾愛好者在一般公眾心目中是什麼形象：長髮、奇裝、邋遢、流里流氣，雖然許冠傑也是玩樂隊出身（蓮花樂隊），但他明顯屬於番書仔，而且也很聰明地單飛了，只剩下弟弟許冠英堅持搖滾形象，數十年如一地穿皮衣、留披頭四頭，結果只能當諧星。

真正給搖滾樂手形象「洗底」的就是Beyond，Beyond在一九八三年組成，最初也是長髮皮衣的重金屬形象，但從一九八五到一九八八年簽約唱片公司漸漸從地下走到地上，形象也漸變，先變做《阿拉伯跳舞女郎》裡的中東風，後變做《祕密警察》的時尚青年，並且出演青春電視劇，四人本來就長得陽光，這下終於成為了香港媽媽們也喜歡的鄰家大男孩（《真的愛你》更是澈底征服了香港的媽媽）。繼而黃家駒堅持在傳媒面前直言，歌曲關注國際時事，明顯比其他歌星要有智慧有主見，這又得到了很多耿直的香港爸爸們的喜歡，這就是他們心目中的理想青年。

家駒因意外離世之際，也是他的作品走向最成熟甚至醞釀新變的時候，無論從流行音樂的角度還是從流行文化意蘊的角度來看，〈長城〉、〈農民〉、〈海闊天空〉等作品都是相當完美的作品。因此家駒之死給公眾留下一個天才夭折的遺憾，我身邊很多香港玩音樂的青年都記得，從此父母不再嘲諷他彈吉他，只是跟他說要向家駒學習！

今天很多香港樂隊或者流行音樂創作人，因此都曾受惠於黃家駒和Beyond，無論後來他們走向前衛音樂還是流行音樂，畢竟Beyond用自己妥協的方式，給香港文化劃出了一個空間：搖滾音樂獲得一種對世俗香港而言恰到好處的「合法性」。達明一派是比Beyond藝術性高太多、思想性也深刻很多的樂隊，但因為遠遠超前於香港人的接受程度，反而是到了激進的九七後甚至本世紀才漸漸彰顯出他們的公眾影響。

香港曾有Beyond，這也是整個粵語地區的幸運。對於更為世俗化的廣東地區，許多七〇後青年第一次認真思考「理想」二字來自不是教科書裡的陳腔濫調，而是有血有肉的呼聲，可能就是來自黃家駒的微沙嗓子。家駒的嗓音獨特，非常誠懇、溫熱，但又有藍調歌手的從容唱嘆之自由感，絕不是如王小峰所說的人皆能模仿的普通嗓音。如果給他一把木吉他讓他自彈自唱，他會是香港的尼爾楊（Neil Young）。

那個時代我們的確都沒見過世面，不只是王小峰說的二三線城市，北京香港青年都沒見過多少世面，所以特別慶幸在成長最尷尬的青春期遇見的是黃家駒和Beyond，而不是後來一點的柔情蜜意四大天王或者無數享樂主義小天王小天后。正如我在黃家駒逝世十周年自己的紀念文章所寫：「如果沒有家駒，我只是灰色小城市中一個反叛少年，他卻為我帶來了一個反叛者起碼的價值觀：和平與愛、人的平等、對理想的執著……當然現在看來，這些概念都不免空洞和簡單，但對當時一個慘綠少年來說，那幾乎是感召，讓我們知道了反叛不能無因、自由需要擔當。」

這些基本的價值觀，現在我們叫普世價值，Beyond的歌為沒見過世面的我們埋下了它最早的種子，雖然有點簡陋，但是種子都是簡陋的。然後他們的音樂雖然從早期的Art Rock變成了後來的Pop Rock，但他們堅持只唱自己的歌，這也是一種當時樂壇難得的態度，第一張《再見理想》和最後一張家駒尚在的《樂與怒》依然是出色的跳板，我從此出發走向東、西、南、北，我以寬容的態度擁抱那些比Beyond複雜、深刻的羅大佑、巴布・狄倫、尼克・凱夫、崔健，因為我記得家駒教過我：音樂口味要雜、搖滾精神要寬容，而且音樂人要關注世界。

家駒就是這麼一個樸素的哥哥，能引領你走小小的、但是關鍵的一段路，然後他停下來，微笑地看你超越他。香港曾有家駒和Beyond，我並不羞於承認今天聽實驗搖滾、前衛民謠和自由爵士的我曾經認真聆聽他們，就像一個誠實的人從來不會否認自己的第一個老師一樣。

黃耀明的另一個中國

隨著摩登時代上海最後一位歌伶潘迪華的蒼然唸白：「更行、更遠、還生」，蔡德才的電氣節奏突然加速磅礴，黃耀明如一個未來時代的李煜，吟唱出一首電子舞曲〈拂了一身還滿〉：

彷彿猜透的一團謎影
答案遺落久遠從前
似曾相識的一朵笑臉
綻放在錯誤時間
不言不語江山已淪陷

典型邁克式私情糾纏歷史敘事的華麗歌詞，又一次聯繫起明哥的科幻與他唯美耽戀的一個古典中國。

正如海外漢學往往能給與我們一個重新審視中國歷史與文化的視角，我們對中國的情感認識，往往也由海外流行音樂所更新，比如八〇年代有張明敏的〈我的中國心〉和侯德健〈龍的傳人〉。但在主流以外，還有一個異色中國，由一些另類的創作人演繹。黃耀明以及他的創作團隊就是個中痴迷者，包括邁克、周耀輝、林夕、何秀萍等優秀詞人，他們也代表了上一代香港文人對中國文化的愛恨交纏。遠起達明一派時代，經過幾番輾轉，在這一張《拂了一身還滿》裡這種對中國美學乃至歷史現實情結的眷戀又洶湧回歸，但是隨著他本人對現實的反覆體驗和反思，這個中國來得更為複雜婉轉難言。

達明一派時代的代表作當然是〈石頭記〉，邁克主刀的此歌歌詞，已經是粵語流行歌詞裡，古典美學混雜現代意識不可逾越的峰巔，也是彼時達明所合作的香港前衛劇團「進念二十面體」美學的凝聚體現。而即使拋開這一些藝術野心，此曲訴諸人心的就是古中國俗世中最撩人痴愛恨悔的一個緣字和滅字，在八、九〇年代之交那個前路茫茫的香港所引起的共鳴，不限於知識分子，也裹挾了大時代芸芸的痴男怨女，盡生起那些與那個永不能回歸的古中國的許多沉溺來。

有趣的是，達明一派解散後單飛早期的黃耀明演繹的那個中國，順著歷史前進，由明清小說趣味邁進到民初良友畫報式趣味：《借借你的愛》裡兩首林夕的傑作〈夜上海〉和〈四季歌〉恰成此民初美學的兩端，前者虛擬的是對摩登時代上海一個風塵女子的愛，進而隱喻的是香港對舊上海的迷戀及新上海的困惑之情，「寂寞過剩／無邊升平／看你的臉彷彿看見一個千里洋場在演變劇情」，其實非常王家衛。後者卻是一個烏托邦似的中國，見諸民國教科書所憧憬，就像奧登的〈戰時十四行詩〉所寫：希望有山有水的地方，也能有人煙——這麼一個順天命流轉的中國。

然而這多少是港式文人的一廂情願？二十一世紀以後，中國陡然生成了許多個教人陌生的中國，這種激烈在離香港最近的廣東最讓人心擾擾難平。黃耀明很擅於把握這種變異了的「華南情調」——混雜了南洋情調、移民勞工的漂泊感、山寨版花花世界的微妙藝術，甚是誘人。這種情調的極致表現是兩首姐妹作〈南方舞廳〉和〈北地胭脂〉，一粵語一普通話，詞作者都是周耀輝，呈現的是一個珠三角的欲望角落的兩重視角，在南方的舞廳，一個南方人如此比較南北的差異：「忘掉了你的風雪／忘掉了你的腹語／忘掉了／你彷彿北方神話的／不會飛去的鳥／我卻更稀罕南方的／所有的舞都跳」；而他眼中的北地胭脂，是「找不一樣的天／找能喝醉的店／愈是遙遠愈會思念／跟過去說再見／未來還沒出現／現在只有哀怨纏綿／誰不相信諾言」的新式虛無主義玩樂女性。「人山人海」團隊的編曲配樂愈加舞曲化，其中黃耀明的嗓音嬌豔而堅韌，像極了女性的決絕、也像極男性的哀婉。這一類珠三角情歌還包括〈廣深公路〉和〈107國道〉，周耀輝的頹廢混雜著社會學的激情，帶出一種詭異的反諷，那是消費主義社會的情歌：「數不到／路上破的新的我數不到／只會送你107個廣告／千萬人陪我不睡覺／算不算辛勞／不知道／會不會遲到／不知道」，107國道從北京一直到深圳，愛情漫長一如國家的變遷一樣漫長迷惘，但連迷惘卻被廣告所消解了。

在《拂了一身還滿》裡這樣的代表作是〈汕尾以南〉，我們不知道為什麼黃耀明會選擇這麼一個貌似毫不詩意、浪漫的二線城市來作他抒情的背景。「沒有 承受不了的糾纏／只有 驚心動魄的喜歡／海邊 彎彎曲曲走不完／人間來來去去走不散／傳說有彼岸／在汕尾以南／那裡有神的故居／有殘破的應許／我陪著你走下去 也許 也許」二線城市以南實際上就是當年〈四季歌〉懷戀過的那個農業時代烏托邦村莊裡的中國，但那神的應許已經殘破，彼岸只在傳說中，值得珍重的惟有人間，這種珍重，和張愛玲在她的詩〈中國的日夜〉所寫的相若：「我的路／走在我自己的國土。／亂紛紛都是自己人；／補了又補，連了又連的，／補釘的彩雲的人民……嘈嘈的煩冤的人聲下沉。／沉到底。……／中國，到底。」這一個到根到柢的中國，也許在主流敘事之外，僅僅為敏感的詩人所觸碰。但即使如此，這樣的現實也已經不可阻擋地因為劇變而進入痛苦的新聞視野中了——前幾天，黃耀明在他的微博意味深長地說了一句「汕尾以南」，大家就都知道是說哪一件敏感的事情。

看黃耀明的微博和看其它香港明星的微博大有不同，他常常關注現實的話題並作出最大限度挑戰管理員底線的發言。我很知道他為什麼這樣——二十多年前，達明一派不是就用〈大亞灣之戀〉來關注核問題、用〈禁色〉來關注同性戀權益了嗎？只不過現在微博給他提供了更多的直接時機，補充音樂所不及迅速反應的。但他也沒有因此像許多急於表達的寫作者一樣，因為需要表達而遺忘了音樂的本體力量——有一次，當我在微博上引用聶魯達的詩「歌唱紫丁香的日子會有的，但不是現在」來說明為什麼詩歌在時代的壓力下需要暫時犧牲美，黃耀明給我回帖說到：

「我們都在尋找一個更好的載體」，這就是他的深思之處，詩和歌都應該有一個更漂亮的姿勢承擔這個時代的重量。「更行、更遠、還生」，此時重讀，竟也有樂觀的想像，關於藝術和現實的互相牽引如風箏乘風之力。

俠隱再達明

我生也晚，第一次聽達明一派，已經是他們唱得花也荼蘼夜也闌珊的〈今天應該很高興〉，彼時在內地的我也能隱約感到移民狂潮大限將至的感覺——我的兩個香港筆友，都告訴我她們的地址要轉去加拿大了——後來聽到〈昨夜我在舊居燒信〉，更是恍然大悟。接著才聽《天問》，才找來《石頭記》的卡帶……但都落於時勢好幾步，就是這樣，當我把頭髮留得和黃耀明一樣長的時候，黃耀明把頭髮一剪跳起了華麗舞曲，當我學會用電吉他彈出〈迷惘夜車〉的前奏的時候，劉以達把身一轉變成了喜劇演員。

等他們回來等了很久，五年十年十五年，整好讓我回溯了一遍達明一派的完全歷史，兜兜轉轉，從嬉戲到淒美到政治到少年慘綠，我是倒著經歷達明的，有的歌越咀嚼越有味道，像〈皇后大盜〉、〈沒有張揚的命案〉——這兩首並非達明一派的熱門歌曲，卻在今年的兜兜轉轉演演唱唱會被重點唱出，這裡面的奧祕，也許要經歷了這十五年香港的兜兜轉轉的人才能感同身受。

達明一派一九九七年萬歲萬歲萬歲演唱會我還在內地，二〇〇五年為人民服務演唱會我去了北京，今年的兜兜轉轉演演唱唱會Part I我也錯過了，幸好還有Part II，我趕到了機場博覽館，見證了可以載入香港流行音樂史的一夜。因為這是黑鳥之外，唯一會在演唱會直接表達政治訴求的一次樂隊演出，曾經低迴隱晦又曾經嬉笑暗諷的達明一派於今大聲疾呼、以近乎破釜沉舟的嚴峻態度面對他們歌中早已發生、現在在香港社會真實發生著的崩壞。

從演唱會出來，我的心情無法平復——我想到「時窮節乃現」這句話。香港今日之種種波動與激蕩，把達明一派又推上了時代的鋒刃上，他們無愧於昨日之銳，哀音變徵、黍離之感猶在而不傷。可以說，我最愛的那個以柔力顛覆主流麻木價值的達明一派仍在，我愛過的那個冷面直刺時代痼疾的那個達明一派又回來了。這不是什麼政治化，不是什麼「泛民一派」，只是他們以身作則，展示一個正常的社會一個正常的藝術家應有的取態：音樂就是政治，音樂不只是政治，音樂可以改變政治，讓政治正常化，變回人民身邊的呼吸喜樂、愛怒說唱——讓人民像選擇音樂一樣選擇自己管理自己的方式，政治本義就是如此明朗。

是夜三個最震撼瞬間，第一個是〈天問〉狂飆版，超重節拍的電聲密集成場館內的音牆、聲之沙塵暴，烏雲壓城城欲摧，充滿了不祥之兆——當年對北京悲劇的絕望詰問延續到今天，竟變成本城最直接的命運影射。是的，原來旁觀的種種、彷佛早已進入歷史的種種，竟如怪獸重生直接施暴於我們的當下。第二個高潮就是反對國民教育的學生和達明一派、和全場觀眾一起高聲唱出平克・佛洛伊德（Pink Floyd）的〈Another Brick In The Wall〉：We don't need no education！We don't need no thought control！樂隊背景牆上，漫畫家黎達達榮繪制的動畫是The Wall動畫的延續，影片中對孩子的洗腦程序更電腦化了，孵育出更高效率的無腦機器紅蛋。最高潮仍是〈今夜星光燦爛〉，當黃耀明喊出「恐怕這個璀燦都市光輝到此！」之時，背後絢爛影像中山崩地裂煙花處處而香港陸沉。

嗩吶之淒厲獨配此夜，〈東方紅〉的曲調只讓人想到黑鳥的〈東方黑〉。絕望嗎？不。何必在乎一己悲歡，一時一地的盛衰？盛世人噩噩，衰世人方醒。「共你淒風苦雨，共你披星戴月，共你蒼蒼千里度一生。共你荒土飛縱，共你風中放逐，沙滾滾願彼此珍重過。」〈皇后大盜〉這首歌，從二〇〇七年保衛皇后碼頭一役就被七〇後八〇後青年重新唱起，今夜達明一派的重唱為它重新正名。〈皇后大盜〉今天大家終於聽出更多更多意義，不是偶然，詞人周耀輝成了預言者，就像詞人潘源良二十年前一首〈沒有張揚的命案〉預言了李旺陽等被自殺者被失蹤者一樣，周耀輝詞裡那個正要被失蹤的，就是我們曾經的香港，我們的一聲珍重就能留住它嗎？「難伴你奔遠路，千萬珍重，深心隱痛」（黃耀明〈舞吧舞吧舞吧〉，作詞魏紹恩）——香港人習慣了扮演這個送別者祈願者的角色，現在身在漩渦中唯恐即將別離，應該站出來挽留當年的自己了。

這就是今日達明一派大聲疾呼的意義，他們從來就不是十個救火的少年裡那以種種托辭離開的那前七個，當然我們也不要讓他們成為最後葬身火海的那三個，因為這火為我們而燃。習慣了他們凄美超然一面的人可能難以接受他們尖銳入世一面，甚至有人在網上譴責之為政治秀——說政治秀那是完全不懂達明，政治就是政治不是秀，達明之前達明之後都包圍在你的四周，不想像〈禁色〉那個時代那樣受傷害，就要掌握政治的主動，唱出訴求。政治也可以美麗，當政治還其本來面目之時。正如黃耀明在Part I演唱〈禁色〉時所說：「讓我就此消失這晚風雨內，可再生在某夢幻年代——我們這是二十一世紀，我們不需要去夢幻，有一天，我們自己愛哪個人，要需要你去批准？」而當他在Part II演唱〈禁色〉的時候，他聲援的不只是同性戀族群，更直呼還俄羅斯異見樂隊暴動小貓（Pussy Riot）自由，達明兩人臉上的妝容也換做了暴動小貓的名字。

這就是我所理解的現代公民：在為自己爭取自由和權利的同時，也積極地去捍衛別人的自由和權利。這樣的人，古代稱之為俠。在內地有識之士的眼裡，香港人就有這種仗義之俠氣（雖然現在有的香港人倡議獨善其身的犬儒氣），而達明一派由唯美而為大陸樂迷所沉醉，醉中漸覺其美中有利刃、有劍氣，於是更擊節叫好。即使是最超然出世的〈石頭記〉也是有俠氣的，我曾道此詞此曲「訴諸人心的就是古中國俗世中最撩人痴愛恨悔的一個緣字和滅字，在八、九〇年代之交那個前路茫茫的香港所引起的共鳴，不限於知識分子，也裹挾了大時代芸芸的痴男怨女，盡生起那些與那個永不能回歸的古中國的許多沉溺來。」沉溺也是糾葛，「一心把思緒拋卻似虛如真，深院內舊夢復浮沉。一心把生關死劫與酒同飲，焉知那笑晏藏淚印？」此俠有悔、有恨，又豈能輕易割舍塵世？

《紅樓夢》裡〈終身誤〉唱到：「縱然是齊眉舉案，到底意難平。」此乃一九八九年達明一派《意難平》專輯名字的出處吧？原本就以偏鋒入世的達明一派俠隱多年，今日怎耐得世上許多不平，一場演唱會所到達的明朗，歌之賦之顯露多少山水而已。胸中有溝壑塊壘，酒不能消，這山水也是香港人不平的山水，起伏時能載舟覆舟。兜兜轉轉演演唱唱會Part I最後打出20470630最後的一秒，提醒諸君五十年不變的犬儒；承接的是Part II最後重唱林子祥〈抉擇〉——我們不需要五十年不變，我們求變，要變得更好：「再起我新門牆，勝我舊家鄉。」香港人，自珍重吧。

從獅子山到太平山

——黃耀明演唱會中的香港精神蛻變記

至少直到二〇〇二年，香港人仍相信有一種「獅子山精神」是普羅市民的核心價值，這種精神由一部歷久彌新的電視劇和一首勵志歌曲奠基：香港電台《獅子山下》系列實況劇集及其同名主題曲。

「獅子山」指可眺望香港島和九龍全景的位於新界的獅子山。《獅子山下》是香港電台分別於一九七二至一九七九年、一九八四至一九八八年、一九九〇年、一九九二至一九九五年以及二〇〇六年間所制作的實況電視劇集系列，以處境故事展開幾代香港普羅市民的生活圖景，從中折射歷史、時代、民怨與希望。故事重點關注草根階層的困頓與堅忍，忠實現實之餘帶有勵志的樸素理想主義，頗有詩經的「群、興、怨」的入世之用。

而歌曲〈獅子山下〉誕生於一九七九年，顧家輝作曲、黃霑填詞、羅文演唱，黃金組合、深入人心。歌詞呼應劇集，勵志之餘，微妙地暗示了那個時代香港的困難和矛盾，那是香港的打拼時代，因為六七暴動，英殖民政府開始適當讓權於民和歌舞升平以安撫民心，製造業開始由山寨轉為大規模產業，被譽為香港經濟的黃金年代的八〇年代將要到來，因此歌詞最後既是勸勉也是預言：「同處海角天邊／攜手踏平崎嶇／我地大家用艱辛努力寫下那／不朽香江名句」。

所謂獅子山精神，八個字概括就是：「同舟共濟、逆流而上」。為什麼說到二〇〇二年而止呢？二〇〇二年香港財政司司長梁錦松在發表年度財政預算案報告時特意引用這首歌，而巧合地，演唱此歌的明星羅文也於此年因病去世（此後二〇〇三年張國榮、二〇〇四年梅艷芳相繼辭世，黃金一代黯然落幕）；真正諷刺的是，一年後梁錦松發布財政預算案翌日再爆名言，他在電台上指香港人「有咁耐風流，有咁耐折墮」（有多少風流日子，便要淪落多久）——這先成為他自己的讖語，數月後他卷入「偷步買車」風波辭職下台，然後香港爆發SARS惡疫，樓市大跌，經濟灰暗近墨，市民「折墮」，於當年七月化為怒火，釀成五十萬人參與的大遊行。

這個香港有史以來第二大遊行，成為回歸後香港最鮮明的一道分界線，「獅子山精神」成了一個笑話，社會各種矛盾加劇，貧富差距拉大，地產霸權悍然把觸手伸進日常生活的每一個角落，對作為集體記憶承載的公共建築的捍衛成為絕望的抗爭，奢侈品消費迎合自由行呼應地產霸權，加租、消滅小店老店拉高普通人生活指數……原來「獅子山精神」已經淪為上流階層哄騙老百姓認命苦熬的精神鴉片，上層人士有他們的中環價值，和「太平山精神」。

多少年後我們回望會稱之為大時代浪潮的上述一切，今天就是香港人身邊必須寸土不讓地為之奮鬥的必較錙銖，而這，也就是今晚我們在羅文唱過〈獅子山下〉的紅磡體育館，聽黃耀明唱〈太平山下〉的時代背景。這個演唱會和兩年前達明一派的「兜兜轉轉演演唱唱會」一樣，其激進、進取的社會介入姿態將載入香港文化抗爭的史冊。

與達明一派演唱會的直接尖銳稍為不同的是，黃耀明的演唱會更委婉一些。首先訴諸的是個人回憶——他稱之為自傳，然而任何好的自傳必然都是時代史，黃耀明的世界以一九六二年溫黛台風襲港開頭，以今天揭竿旗幟鮮明對抗太平山收結，是一部叛逆史。

開頭的〈勁草嬌花〉呼應的是黃媽媽的時代，草根階層的她們懷有一個香港夢，後來就成了依仗獅子山精神奮鬥出身的一代香港人，作為她們後代的六〇後香港人，黃耀明是一個先鋒的代表，他錯過了在六七〇年代香港社運潮中洗煉青春的機會，卻得以以「屋村仔」身分接觸搖滾音樂，六七〇年代西方搖滾的理想主義不是以直接的政治角力，而是以開啟另一個可能的世界、充滿想像力與異色誘惑這樣的軟性力量進入他天性反叛的心。促使他在長時間與相對保守的香港社會格格不入，但也確保了他提前醒來，從獅子山與太平山共謀的美夢中醒來。

接下來的宗教覺醒、性覺醒、藝術覺醒與最終的出櫃、公民發聲，都那麼理所當然。獅子山像一個父輩的遺物被尊敬但束之高閣，亦經歷了「看遍遠遠青山吹飛絮」的達明一派式孤高，同時獅子山的同舟共濟神話早已在九七大限臨頭各自飛的現實裡解構——像《同黨》唱的「在昨日說願一起擔當／在這天紛紛爭先飛奔遠岸」，達明與達明後留守香港的青年選擇另一種共同堅守：「共你淒風苦雨，共你披星戴月，共你蒼蒼千里度一生。共你荒土飛縱，共你風中放逐，沙滾滾願彼此珍重過。」〈皇后大盜〉的變奏就在二〇〇三年之後的香港多個社運現場響起，成為新的香港本土認同的其中一個見證。

與此同時，反抗延續，今天終於來到挑戰太平山的時候。太平山自香港開埠前以來就是標志性地景，無論是前清時期傳說中海盜張保仔的扯旗山，還是英殖民者升米字旗的太平山（Victoria Peak），還是這幾十年來富豪入住的山頂豪宅區，又或是遊客熱中的俯瞰維多利亞港最佳景點——它都從來不屬於香港普通民眾。如果說建基於香港草根的獅子山神話必須破滅的話，太平山威權是真正的罪魁禍首。

所以由林夕填詞的，某程度曖昧矛盾某程度又圖窮匕見的黃耀明新歌〈太平山下〉（也是這個演唱會的名字以及重心）並非某些極端本土派意淫的以一種價值觀取代另一種價值觀的簡單宣泄。歌中反思獅子山精神：「想高攀獅子山／活路又路漫漫」指出獅子山已經被梁錦松這樣的權貴所利用，事實是「上太平山／怕太平坦／風光不再山也不似山……現在是爛鬥爛／今天的紫荊花金得太靡爛」，罕見林夕歌詞憤世如此，現實早已把唯美的林夕與黃耀明逼成了魯迅筆下的「抗世詩人」。

何謂「抗世」？「大都不為順世和樂之音，動吭一呼，聞者興起，爭天拒俗，而精神復深感後世人心，綿延至於無已」（魯迅〈摩羅詩力說〉）。當黃耀明唱著〈太平山下〉舉著反諷所有正統旗幟的一面古怪旗子登上舞台高處的時候，你可以說他是另一種揭竿而起，但拜托不要像極端本土派那樣騎劫他為「立國欲望」——他的旗子是航船時代的旗語，可以「群、興、怨」，偏偏不是為了學農民起義軍占據太平山打倒皇帝當皇帝的，後者太俗，抗世詩人不屑為。

理解他的前提，是你要聽出〈太平山下〉與〈下流〉的一脈相承，後者更是去年黃耀明的代表作，也在今晚唱出。周耀輝的這首詞比〈太平山下〉更嚴謹，少了點戲謔多了點深情，「他們往上奮鬥／我們往下漂流／靠著剎那的碼頭 答應我／不靠大時代的戶口／他們住在高樓／我們躺在洪流／不為日子皺眉頭 答應你／只為吻你才低頭」——躺在洪流中相愛是何等氣魄！只為吻你才低頭是何等高傲！這首歌才是直接Pass掉中環價值與太平山價值的獨立宣言。

理解他的前提，還要注意到在唱〈太平山下〉之前，黃耀明先唱了〈一無所有〉。這種虛無中的決絕，是把香港與大陸的叛逆精神鏈接的紐帶，而且黃耀明一直關注大陸的搖滾和民謠音樂，也同樣關注兩者所關注的中國現實，這更非極端本土派斷言的「香港不為當代中國的政治理想而活」那種狹隘格局。舞台上大屏幕打出崔健今年接受外國媒體訪問所說關於一代人的定義的話之後，黃耀明戴上另一種「一塊紅布」唱起〈一無所有〉，這是對崔健的繼承與超越，全場掀起高潮，是香港人回憶起八〇年代末第一次聽到崔健那種目睹高牆內雞蛋擁有生命的欣慰的激動，也是香港人認識到今天的自己必須在無依無靠中屹立的悲壯——誠如巴布·狄倫所言：「一無所有的人不害怕任何失去」，向下流的人也不畏懼上流的糜爛金光。

從獅子山到太平山，香港人漸漸洗去一些公共神話，而黃耀明作為公民中合格的一員，遵從他歌者的天性，唱出質疑、憤怒與悲歡，理所當然的事。黃耀明版本的〈一無所有〉重新編排的配樂中不時隱隱響起《天問》那彷彿叫魂般淒厲的嗩吶，讓我們不忘歷史怪獸的跨境重生；同時讓我們回憶開場前在六〇年代唐樓背景遠方蕭蕭哀鳴不斷的風聲，回憶起我們一無所有但更有勇氣的時代。

今晚的香港注定不能說晚安，因為醒來的人要耿直到天亮。在近日香港鋪天蓋地的悲觀情緒當中，本來善於感傷的黃耀明卻沒有悲觀，他不像許多脆弱的人動輒感嘆「一個時代已經逝去」、「香港已死」，而是勉勵大家無論最好的時代還是最壞的時代藝術家都要忠實記錄，並嘗試把時代稍稍變好。所以在最後悼念同代翹楚媒體人黎堅惠的演唱中，黃耀明引用的是帕蒂·史密斯（Patti Smith）寫給早逝情人羅伯特·梅普爾索普（Robert Mapplethorpe）的寄語，這種惺惺相惜，是無論生死一路同路走下去的勇氣，是「共你荒土飛縱，共你風中放逐，沙滾滾願彼此珍重過。」的灑脫，這也是我們給生死磊落的香港的寄語。

民歌四十年和搖滾三十年：距離和答案

香港的藝術單位「文藝復興基金會」舉辦了一場很有意思的放映會，放映的電影是侯季然導演的《四十年》和大陸著名樂評人彭洪武監製的《少年心氣：中國搖滾三十年訪談錄》。

相較於《四十年》，《少年心氣》裡面更多問題和矛盾，三十年狂飆突進中的親歷者紛紛現身說法，莫衷一是。但對於這些問題，恰恰是《四十年》裡面包含了不少答案。正如其名，侯導的紀錄片叫做《四十年》而不是諸如《民歌運動四十年》饒有深意，四十年不只是民歌運動的四十年，更是台灣社會轉型、成熟的四十年。民謠歌者既是民眾的先行者、啟蒙者，也是同步長大的同路人。

《四十年》裡面的高潮是當年一個公案，民歌旗手李雙澤以聲稱砸碎可樂瓶（原來和傳說不一樣，可樂瓶並沒砸掉）為喻，強調中國人唱自己的歌。在今天看來帶有那個時代殘餘的民族主義情緒（「中國人」也澈底改變了它的象徵意義），但民歌運動並沒有終止在那一刻，而是無數歌者接踵而上，豐富了李雙澤打開的缺口。

台灣民歌運動從知識分子開始，走向和民間、社會運動的接軌，影響唱片工業和文化產業，雖然到今天也有不少虛幻的結果伴生，但給台灣樹立了最基本的社會文化進步取態。民歌運動給台灣一代代進步青年帶來的已經遠遠不止於音樂上的革命。

現在回看，它的誕生是多麼適逢其時，七〇年代正是台灣人家國意識開始出現分岔的時代——美國背盟把中華民族主義情感推到極致，在《四十年》中也有當時的紀錄片斷，但可以看出極致也正是衰落的開始。

而大陸呢？《四十年》裡台灣人高呼「中華民國萬歲」的下一個鏡頭，馬上切換到天安門城樓上的「毛主席萬歲」接著是生活在北京的侯德健。導演的反諷不言而喻，但我們也知道七零年代末也是大陸微弱的民主啟蒙時代的開始，幾年後完美銜接的，是《少年心氣：中國搖滾三十年訪談錄》裡崔健一代的揭竿而起，進行一場近乎幻象一般的搖滾「革命」，餘波無可量。

四十年前李雙澤那首著名的〈老鼓手〉，梁景峰填的詞我們都熟記在心了：

老鼓手呀老鼓手呀
我們用得著你的破鼓但不唱你的歌
我們不唱孤兒之歌也不唱可憐鳥
我們的歌是青春的火焰是豐收的大合唱……

但大陸的軌跡恰恰相反，直到今天大陸搖滾也沒有這種與西方的決裂態度，《少年心氣：中國搖滾三十年訪談錄》這個名字，就是來自超脫樂團的〈Smells Like Teen Spirit〉。

《四十年》最感動我的，是那些本應走上神壇的民歌英雄們的日常生活，買菜看病等等，他們並沒有停留在過去的榮光中。最有隱喻意義的是胡德夫去市場買一種已經罕見的鹹鰱魚，他的執著和旁人的輕嘲讓人有點唏噓，但胡德夫從容視之。對岸的英雄，卻已被挾持到神壇上，以至於崔健需要嚴肅地強調他不想要神壇也無所謂什麼「老炮兒」。

李雙澤、楊弦一代的中華情結、民族主義精神，假如放到今日台灣無疑是非常不合時宜的。但神奇的是民歌運動本身順利地銜接了今天的太陽花運動等青年進步運動，這在激進政治高度的排他性中似乎是不可思議的，我只能理解為民歌本身的力量所致，民歌精神之一，是寬容，是對社會可能性的多種想像力。

也和民歌的歌者和受眾基本上還是知識階層有關，無論後者多麼嚮往和尊敬基層都不可否認這一點。其實也無須否認，在《少年心氣》中，早年的搖滾英雄們也承認他們最初遭遇的理想聽眾，都是對社會變革有期待的精英份子。而可惜的是，專制政治消滅不了的中國搖滾，在遭遇商業化之後面目大變，大部分受眾已經是片中多次出現的那種搖滾音樂節上的消費者、依賴集體認同進行自我催眠的新時代犬儒。

如此《少年心氣》莫名地籠罩著一股感傷色彩，似乎為搖滾提前奏起的輓歌。談及商業化之時，所有人都為商業化尋找理由（除了最年輕的樂隊認為這根本不成為問題），潛台詞是商業化是需要辯護的，是搖滾無法直面的。這裡面有複雜的情感，是一代人對純藝術的崇拜給他們留下的烙印，雖然虛幻，但值得尊敬。

民歌四十年，表面上一代人老去逝去，卻似乎還有無窮的生長力；搖滾三十年，表面上風光而實際每人都存在思想鬥爭。掙扎，曾令土壤保持鬆動，這也是野性的生長力的必要條件吧？中國搖滾需要答案嗎？我想起何勇唱的：「這個問題那麼的難，到處全都是正確答案」，還是一路問下去，一路有痛苦和困惑，搖滾才青春。

爵士樂，或一種民主詩學

二十年前我開始聽爵士樂，聽的第一張專輯是邁爾士．戴維斯（Miles Davis）的《Kind of Blue》，我至今感激把這張唱片借給我然後跟我借了四千塊錢便失蹤了的那位騙子朋友，這四千塊學費交得很值。

《Kind of Blue》是調式爵士（Modal Jazz）的經典，很適合入門，在你毫無反抗力的情況下把你帶到一個深遠冷峻的無人之境，可以說邁爾士．戴維斯也是一位偉大的騙子。從他開始可以學習好幾種爵士樂的經典風格，咆勃（Bebop）、冷爵士、調式爵士、硬爵士、電子爵士、酸性爵士、搖滾爵士，他是多變的，然後你可以走向不同的方向。

常常有人問我如何走進爵士樂，我推薦兩本書：村上春樹的《爵士群像》和傑夫・戴爾的《然而，很美》，這是兩本很好的指南。我再補充幾點「硬指標」：可以聽現場盡量聽現場，然後聽歷史上尤其是五六〇年代的大師現場錄音；聽的時候不妨手舞足蹈，爵士是要全身心投入的；喝一點威士忌更棒；忘記所有的分析、慣性反應以及對結果的期待，爵士樂是一個自由的旅程。

自由，是爵士樂給我寫作的第一啟發，民主，則是另一正在深化的啟發。

「當詩歌努力表達在散文節奏中所不能表達的內容時，詩歌仍然是一個人同另一個人的對話……詩歌的每次變革——有時候是自稱為革命——都是日常語言的回歸……當然，詩歌不能完全等同於詩人在聽說中使用的語言，但是詩歌必須與聽者或讀者所屬時代的語言密切相關。」大詩人T・S・艾略特在他著名的演講〈詩歌的音樂性〉（*The Music of Poem*，1942）如是說。

而著名的爵士樂評人、詩人菲利普・拉金說道：「這種在二十世紀上半葉對所有國家、所有有頭腦的人平等地開口的不可思議的暗語。」他指的是爵士樂，但又何嘗不能理解為詩？

尤其和上述艾略特的話結合來思考，這展現了一種民主詩學的可能性，相對於過往的貴族詩學，民主的詩、藝術不一定要以平庸作為代價，它可以是兩個、數個、無數個平等而卓越的靈魂的對話，可以是不可忠議的隱喻的舞蹈，就像Be-bop、自由爵士樂裡面的即興合奏，每一個樂手都擁有變奏、離題、撞擊和融合的自由。

在傑夫．戴爾的名作《然而，很美》裡面作為串場的重要人物爵士大師艾靈頓公爵（Duke Ellington），他在旅途中不斷有感而發地作曲，那完全是一個吟遊詩人的工作方式，而《然而，很美》的主要篇章則是一個又一個偉大的爵士靈魂的煉獄篇，是「這一代精英的頭腦被瘋狂毀壞」（金斯堡《嚎叫》開頭）的哀歌。艾靈頓公爵在傑夫．戴爾的編織下與那些靈魂隔空對話，就是上述的一種民主詩學的表演。

如果要在當代的敘事文字中尋找詩與音樂的聯姻，《然而，很美》可能是最佳範本。至於抒情文本，垮掉派之後，歐美的吟唱誦詩已經蔚為大觀，喜歡讀詩的歌手如吉姆．莫里遜（Jim Morrison）、佩蒂．史密斯固然如此，詩人自彈自唱或者與音樂人合作也成為西方各種詩歌節的亮點，因此以巡回朗誦而不是稿費版稅為生的詩人也不在少數。當下最紅火的所謂Instapoets（在IG上發表詩作的詩人），更是利用了青年社交媒體的即時性成為了這個時代的暢銷詩人。

這些未必值得任何一個寫詩的人去效法，但如果你抱持的是「文章合為時而著，歌詩合為事而作」這種介入時代的詩歌觀念的話，音樂以它的無界特性，應該可以成為詩的一種迅捷的翅膀。更何況，被現場演繹變奏過的詩，已經成為另一首詩，這也是一種再創作，是實驗之上的再實驗，後果超乎詩人本人的想像。最近一次來台北，欣聞詩人鴻鴻正在學習吹薩克斯，引得我也想從書櫃頂上取下塵封的小號，和他一起嘗試爵士樂進入中文詩的可能。

當代名家・廖偉棠作品集3

異托邦指南/詩歌卷：暴雨反對

2020年3月初版　　定價：新臺幣450元

著　者	廖偉棠
叢書編輯	黃榮慶
校　對	邴啟菁
內文排版	極翔企業
封面設計	兒日

出版者	聯經出版事業股份有限公司
地址	新北市汐止區大同路一段369號1樓
編輯部地址	新北市汐止區大同路一段369號1樓
叢書編輯電話	(02)86925588轉5307
台北聯經書房	台北市新生南路三段94號
電話	(02)23620308
台中分公司	台中市北區崇德路一段198號
暨門市電話	(04)22312023
台中電子信箱	e-mail：linking2@ms42.hinet.net
郵政劃撥帳戶	第0100559-3號
郵撥電話	(02)23620308
印刷者	世和印製企業有限公司
總經銷	聯合發行股份有限公司
發行所	新北市新店區寶橋路235巷6弄6號2樓
電話	(02)29178022

副總編輯	陳逸華
總經理	陳芝宇
社長	羅國俊
發行人	林載爵

行政院新聞局出版事業登記證局版臺業字第0130號

本書如有缺頁，破損，倒裝請寄回台北聯經書房更換。　ISBN 978-957-08-5485-5 (平裝)

電子信箱：linking@udngroup.com

國家圖書館出版品預行編目資料

異托邦指南/詩歌卷：暴雨反對/廖偉棠著.
初版. 新北市. 聯經. 2020年3月. 336面.
14.8×21公分（當代名家・廖偉棠作品集3）
ISBN 978-957-08-5485-5（平裝）

863.51　　109001685